I0562191

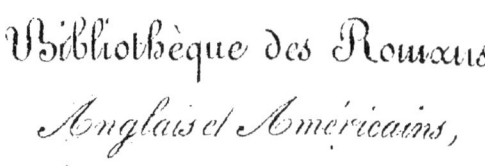

# Bibliothèque des Romans Anglais et Américains,

contenant

## Les meilleurs Romans modernes,

Publiés en Angleterre et en Amérique,

TRADUITS DE L'ANGLAIS

Par M. A. J. B. Defauconpret,

Traducteur des Romans de sir Walter Scott
et de M. Cooper,

et une société de Gens de Lettres,

FRANÇAIS ET ANGLAIS.

PARIS,

Librairie de Charles Gosselin,

Rue de Seine, n° 12;

Mame et Delaunay-Vallée,

Rue Guénégaud, n° 25

1825.

# BIBLIOTHÈQUE

## DES ROMANS MODERNES

*Anglais et Américains.*

## WALLADMOR.

Y

7313

IMPRIMERIE DE COSSON, RUE GARANCIÈRE.

# WALLADMOR,

ROMAN ATTRIBUÉ EN ALLEMAGNE

## A SIR WALTER SCOTT;

TRADUIT DE L'ANGLAIS,

### PAR M. A. J. B. DEFAUCONPRET,

TRADUCTEUR DE LA COLLECTION COMPLÈTE DES ROMANS
HISTORIQUES DE SIR WALTER SCOTT ;

## TOME SECOND.

## PARIS,

LIBRAIRIE DE CHARLES GOSSELIN ,
RUE DE SEINE, N° 12;

MAME et DELAUNAY-VALLÉE, LIBRAIRES,
RUE GUÉNÉGAUD, N° 25.

M D CCC XXV.

# WALLADMOR.

## CHAPITRE PREMIER.

CHARM. « — Je parlerai pour vous à la cour, mais je peux,
En voulant vous servir, nous nuire à tous les deux.
ROM. Pourquoi le pensez-vous ?
CHARM. C'est que je sais d'avance
Ce qu'on me répondra. C'est grossière ignorance,
Dira-t-on ; à nos lois vous ne connoissez rien.
ROM. Et ne savez-vous pas qu'il est plus d'un moyen
Pour éluder des lois la rigueur trop sévère ?
Il faut sur ce principe arranger mon affaire. »

MASSINGER et FIELD.

DANS l'espoir de revoir encore miss
Walladmor et son oncle, Bertram chercha
à percer jusqu'au centre du cortége. Mais
tant d'autres personnes avoient précisément le même objet en vue, qu'il vit qu'il
lui seroit bien difficile de s'ouvrir un pas-

II. 1

sage à travers la foule pressée qui remplissoit toute la rue, et qui se composoit tant de ceux qui sortoient de l'église, que de ceux qui n'avoient pu y pénétrer. En ce moment, quelqu'un placé derrière lui vint lui frapper familièrement sur l'épaule, et, se retournant, Bertram reconnut M. Dulberry.

— Venez avec moi, lui dit le patriote, et je vous montrerai un chemin plus court par les faubourgs. Il ne s'agit que de sauter par dessus une couple de haies, de traverser les jardins à pommes de terre de quelques sottes vieilles femmes, et nous arriverons à l'auberge avant la cavalcade.

— Vous pensez donc qu'elle passera devant la porte en s'en retournant?

— Je le présume. D'ailleurs quel intérêt vous et moi pouvons-nous prendre à de pareilles absurdités, à de semblables momeries? Juste ciel! quand je pense à l'argent qu'auroient pu gagner tous ces chevaux, si on les avoit aujourd'hui sagement et honorablement occupés à labourer et à cultiver la terre, au lieu de....

— A labourer la terre! M. Dulberry, y pensez-vous? Quel fer de charrue pourroit entamer la terre aujourd'hui, gelée comme elle l'est à plusieurs pouces de profondeur? Ce n'est pas le moment de songer aux travaux de l'agriculture.

— N'importe. Il ne manque pas d'ouvrage pour les chevaux chez les brasseurs, les tanneurs, les teinturiers, dans les manufactures de toute espèce. Et à propos, avez-vous entendu parler de ma nouvelle machine pour carder la laine? Merveilleuse invention! elle fera tomber le prix des chevaux, car je n'en ai pas besoin : un peu de vapeur, un homme, voilà tout ce qu'il me faut. Donnez-moi ces deux choses, et

je carderai le ciel et la terre. Il est éton-
nant combien l'esprit humain a fait de pro-
grès depuis le temps d'Archimède. Mais
vous connoissez sans doute ma machine à
carder?

—Oui, certainement..., c'est-à-dire...,
que disois-je donc? Ah! votre machine à
carder! non, j'avoue que je ne la connois
pas.

— Vous ne la connoissez pas? Eh bien,
il faut que vous la connoissiez, et le plus
tôt sera le mieux. On ne peut dire qu'un
homme ait fini son éducation quand il ne
connoît pas ma machine à carder. Je puis
même ajouter qu'elle a eu une grande influence sur la littérature de ce pays; car
l'ode qu'on lui a adressée est universellement regardée comme le plus beau mor-
ceau de poésie lyrique que les muses aient
jamais inspiré dans la Grande - Bretagne,
et je....

L'orateur fut interrompu par une haie qu'il fallut sauter; et Bertram remarqua que, malgré le mépris que M. Dulberry venoit de manifester pour les absurdités et les momeries du jour, il montroit autant d'empressement et déployoit autant d'activité qu'auroit pu le faire un jeune homme, pour ne pas perdre sa part du spectacle.

Cependant, en arrivant à l'auberge, ils apprirent que toutes leurs peines avoient été prises en vain. Une partie de la cavalcade étoit partie par une route différente, pour aller remplir diverses formalités annuelles dans d'autres seigneuries voisines : ceux dont la présence n'y étoit pas nécessaire s'étoient dispersés : les autres avoient suivi sir Morgan à l'hôtel de ville de Machynleth, où, le jour de la fête de saint David, il tenoit tous les ans ce qu'on appeloit une cour de grâces, usage établi depuis un temps immémorial, pour rece-

voir des pétitions, accorder des faveurs extraordinaires, écouter les plaintes des vas-
saux, redresser leurs griefs, en un mot
pour y paroître avec la balance de la justice, mais sans en porter le glaive. Sir
Morgan avoit coutume d'y présider toujours en personne. Quant à miss Walladmor, on disoit qu'elle étoit montée dans sa
voiture en sortant de l'église, pour aller
faire quelques visites dans les environs, et
qu'elle ne repasseroit par Machynleth pour
retourner au château de Walladmor, que
dans la soirée.

Après avoir pris quelques rafraîchissemens, Dulberry proposa à Bertram d'aller
à l'hôtel de ville. En entrant dans la salle
d'audience, ils furent surpris de reconnoître le flegmatique Hollandais qu'ils
avoient vu figurer la veille, comme un
personnage muet dans un drame, et qui
s'adressoit à sir Morgan, en qualité d'hum-

ble pétitionnaire. Il finissoit d'exposer sa
demande, quand ils arrivèrent, et ils en
entendirent assez pour comprendre qu'il
s'agissoit d'obtenir l'agrément de sir Morgan pour rendre les derniers devoirs à un
étranger qui étoit mort en mer.

—Il n'y a nulle difficulté à cela, M. Van
der Velsen, répondit sir Morgan; il ne peut
y en avoir la moindre, et une pétition n'étoit
même pas nécessaire. Dieu merci, le pays de
Galles n'a jamais manqué d'hospitalité envers les pauvres étrangers qui ont eu quelque chose à en réclamer. Pourquoi nous
opposerions-nous à ce que vous rendiez
les derniers devoirs au défunt? Ce seroit
manquer à ceux que nous impose la religion. Comment l'appelez-vous ?

—Mein Herr Morgan, répondit le Hollandais, lui n'être pas Gallois, Dieu lui
avoir pas fait tant d'honneur. Etre seule-

ment un pauvre Français, mais bon chrétien, charmant, aimable, le plus admira-
ble des hommes de mer.

— Mais je vous demande quel est son
nom, M. Van der Velsen?

— Son nom! oh! son nom : lui se nommer Le Harnois; bon chrétien, et capitaine
au service de sa majesté très-chrétienne.

Bertram tressaillit de surprise, mais il
chercha à cacher son étonnement, et
écouta avec plus d'étonnement que jamais
le reste de la conversation.

— Eh bien, M. Van der Velsen, dit sir
Morgan, qu'il soit Français ou non, je ne
vois pas qu'on puisse faire aucune objection à ce qu'on lui rende les honneurs funèbres avec décence. Le cimetière d'A-
berkilvie, qui est à environ dix-huit milles
d'ici, sur les côtes de la mer, sert depuis

long - temps à toutes les nations. C'est là
qu'on enterre les Hollandais, les Anglais,
les Danois, les Espagnols et les Français
qu'un naufrage ou d'autres accidens font
périr sur nos côtes. Que le capitaine français soit donc honorablement enseveli à
Aberkilvie.

— Grand merci, Mein Herr Morgan,
grand merci; mais y avoir une autre petite
chose.

— Et quelle est-elle, Monsieur?

Ici, un autre ami du défunt, qui paroissoit Anglais, s'avança vers sir Morgan,
et lui expliqua brièvement que le capitaine
Le Harnois étoit catholique romain, et que
son fils désiroit assez naturellement qu'il
fût enterré dans un cimetière de cette religion.

— Mais où en trouver un? demanda sir

Morgan ; je ne connois que celui de la chapelle d'Utragan ; mais personne n'y a été enseveli depuis les guerres des deux roses, et je suis fâché d'avoir à vous dire que ce n'est plus aujourd'hui qu'un champ de pommes de terre.

— Si M. le lord lieutenant vouloit bien nous le permettre, nous pourrions transporter le défunt dans l'intérieur du pays; il y a un cimetièrecatho lique consacré, à Griffith Ap Gauvon.

— Oui vraiment, il y en a un à Ap Gauvon ; je l'avois oublié. Eh bien rien n'empêche que le capitaine Le Harnois soit enterré dans le cimetière de la chapelle d'Ap Gauvon.

—Grand merci, Mein Herr, très-grand merci; mais y avoir encore une autre petite chose.

Son ami l'interrompit et dit que le capitaine étant mort à bord du bâtiment qu'il commandoit, son fils et tous ses amis craignoient que les employés de la douane ou de l'excise n'insistassent pour visiter le corbillard, et même pour ouvrir le cercueil ; indignité qui blesseroit la sensibilité des parens et des amis qui se proposoient d'accompagner ses restes jusqu'à leur dernière demeure, et qui ne pourroit être regardée en France que comme une insulte, indigne d'une nation aussi puissante que libérale, faite à la mémoire d'un brave officier qui avoit l'honneur de servir sa majesté très-chrétienne.

— J'en suis fâché, répondit sir Morgan ; mais, sur ce point, il m'est impossible de vous être d'aucune utilité. Nos côtes ont été tellement infestées depuis quelques années par des bâtimens contrebandiers, que les officiers chargés de veiller à l'exécution des lois ont quelque raison d'être

sévères dans leurs fonctions; c'est pour
eux un devoir impérieux.

—Mais, si vous daignez avoir la bonté de
m'écouter, sir Morgan Walladmor, reprit
l'Anglais, je vous prierai d'observer que
cet officier, le capitaine Le Harnois, étoit
un homme plein d'honneur, de religion et
d'intégrité, et qu'il ne recevoit dans son
équipage que des gens pensant comme lui.
On pourroit peut-être même lui reprocher
d'avoir porté trop loin la rigueur des prin-
cipes religieux. Cela n'est-il pas vrai,
Herr Van der Velsen?

— Etre pure vérité. Le capitaine avoir
été un magnifique chrétien, pour un
homme de mer; lui toujours se reprocher
ses péchés; faire chanter à son équipage
de petites hymnes et de petits cantiques;
lui répéter une fois, deux fois, trois fois,
vingt fois par jour: — Ma corvette avoir de

la religion ; moi avoir de la religion ; mon équipage avoir de la religion ; moi vouloir avoir sur mon bord personne sans religion.´ Oh ! lui magnifique chrétien d'eau salée! superbe homme de mer !

— Je ne doute nullement de ce que vous me dites, Messieurs, dit sir Morgan, et je suis charmé de vous entendre rendre un témoignage si favorable à la piété du ca-pitaine. Il en recueillera plus de fruit que de tous les honneurs que nous pourrions rendre à ses dépouilles mortelles. Ne croyez pourtant pas que je veuille autoriser personne à manquer de respect à ses cen-dres : je voudrois au contraire pouvoir leur éviter tout ce qui auroit l'air d'un affront.

— Nous en sommes convaincus, ré-pondit l'Anglais ; le nom de Walladmor suffit pour prouver que celui qui le porte a l'âme noble et libérale et des sentimens généreux. Le jeune Le Harnois, le fils du capitaine, étoit d'autant plus porté à espérer qu'il pourroit obtenir la grâce qu'il sollicite, que le défunt étoit d'une famille distinguée, et alliée au sang le plus noble de l'Europe, et notamment à la maison de Walladmor.

— De Walladmor! répéta sir Morgan; et de quelle manière?

— Par les Montmorency. Toute l'Europe est instruite que les Walladmor sont alliés depuis long-temps aux Montmorency, et les Le Harnois sont proches parens des Montmorency dans la ligne maternelle.

— Il est très-vrai, dit sir Morgan, qu'il y a eu autrefois plus d'une alliance entre ma famille et les Montmorency; vous ne vous trompez pas à cet égard, Messieurs, c'est un fait constant; et, telle étant la situation des choses, je ne nierai pas qu'elle ne me dispose à voir favorablement votre demande. On doit certainement avoir quelque considération pour le sang des Montmorency. Permettez que je réfléchisse un instant.

Après quelques momens de méditation, il ajouta : — Eh bien, Messieurs, je vous accorde votre demande. Je vais vous délivrer un ordre pour enjoindre aux officiers des douanes et de l'excise de laisser passer le cortége funèbre du capitaine Le Harnois, sans le troubler en aucune manière dans sa marche jusqu'à Griffith Ap Gauvon. J'en prends sur moi toute la responsabilité; et j'écrirai moi-même ce soir aux lords de la trésorerie et au secrétaire d'état ayant le département de l'intérieur, pour leur rendre compte de cette affaire, afin qu'on ne leur en fasse pas un rapport infidèle. Davier, préparez l'ordre pour les officiers de la douane, et je le signerai.

Le Hollandais et l'Anglais firent, chacun
à leur manière, les plus vifs remerciemens
à sir Morgan, qui leur dit que, pour faire
honneur au défunt, il enverroit sur le
bord de la mer une de ses voitures, qui
suivroit le convoi jusqu'à Ap Gauvon. Enfin l'ordre signé et scellé leur fut remis,
et saluant sir Morgan profondément ils
se retirèrent.

Cependant, Bertram, qui avoit si ré-
cemment quitté le capitaine Le Harnois,
jouissant, suivant toutes les apparences,
d'une parfaite santé, fut d'abord comme
confondu en apprenant si brusquement
la nouvelle inattendue de sa mort.
Lorsque l'Anglais traça en couleurs si flat-
teuses le portrait de la piété du défunt, il
commença à croire qu'il étoit possible qu'il
existât deux capitaines Le Harnois, tous
deux croisant dans les mêmes mers, et
dont l'un étoit parent des Montmorency

Mais, quand il entendit Van der Velsen citer les paroles qu'il avoit entendues lui-même sortir de la bouche du capitaine à bord duquel il s'étoit trouvé la veille, il ne put conserver cette croyance, et il fut convaincu que le défunt ne pouvoit être que le même Le Harnois qu'il avoit connu.

Ne sachant que penser d'une mort si subite, il suivit les deux négociateurs qui sortoient, et s'adressant au Hollandais il lui demanda si le capitaine Le Harnois, pour l'inhumation duquel il venoit de pré-senter une pétition au lord lieutenant, étoit l'officier qui commandoit *la Fleur-de-lis.*

— Oh, ya, Mein Herr, ya! répondit Van der Velsen, être bien le même, le bon et magnifique chrétien, le capitaine Le arnois.

— Juste ciel! est-il possible? Je l'ai

1*

quitté hier à cinq heures du soir, et je proteste que je n'ai vu de ma vie un homme
qui parût mieux portant! Mort! cela me
paroît incroyable! En êtes-vous bien sûr,
M. Van der Velsen? Je vous déclare qu'il
n'y a pas vingt-quatre heures que je l'ai
laissé assis sur le tillac de *la Fleur-de-lis*,
entre deux barils, l'un d'eau-de-vie l'autre
de whiskey, et je crois qu'il n'étoit pas cinq
minutes sans en boire un verre.

— Ya, Mein Herr, ya ; lui obligé de
boire souvent par raison de santé, par
ordonnance de médecin. Mais, mon cher
Mein Herr, rien pouvoir le sauver, son
temps être venu.

— Et quelle étoit donc sa maladie?

— La consomption, répondit l'Anglais.

— La consomption! Le capitaine Le Harnois mort de consomption! une apoplexie

m'auroit paru moins surprenante avec son embonpoint, mais la consomption! J'aurois cru qu'il n'y avoit sur son bord que ses barils d'eau-de-vie qui en fussent menacés.

—C'est la seule maladie dont il se soit jamais plaint, Monsieur.

—Il avoit ma foi bien raison de s'en plaindre, puisqu'elle l'a tué si promptement et sans avertissement préalable. C'est une consomption qui a marché bon train.

—Oui, Monsieur, au grand trot.

—Vous pouvez dire au grand galop, puisque hier, à cinq heures du soir, sur son bord.....

—N'importe quand, où, et à quelle heure, Monsieur, dit l'Anglais; le fait est que le capitaine Le Harnois est mort. Nous ne sommes pas ses médecins, pour

en discuter la cause ; mais nous sommes
ses exécuteurs testamentaires, et si vous
lui devez quelque chose, vous pouvez vous
en acquitter légalement en payant entre
mes mains ou en celles de monsieur, ou,
ajouta-t-il en voyant que Bertram sourioit
à la supposition que le digne capitaine eût
permis à quelqu'un de quitter son bord
sans avoir payé son passage, ou si vous ne
devez rien à sa succession, peut-être consentirez-vous, par égard pour sa mémoire,
à vous joindre au cortége qui doit conduire demain ses restes à Griffith Ap Gauvon?

En même temps il remit à Bertram un
papier qui contenoit ce qui suit, mais sans
date et sans signature.

« En pleine confiance que vous êtes un
bon chrétien, et partisan de la liberté du
commerce, vous êtes invité par ces pré-

sentes à assister aux funérailles de feu le
capitaine Le Harnois, digne chrétien, et
habile marin qui admiroit, protégeoit et
encourageoit par son exemple, et par
tous les moyens qui étoient en son pouvoir, la liberté illimitée du commerce. Le
lieu du rendez-vous est Huntingcross, sur
le bord de la mer, près d'Aberkilvie, à
neuf heures précises du matin. Si quelque
autre engagement vous empêchoit de vous
y rendre à l'heure susdite, nous espérons
que, par affection pour la mémoire du défunt, vous voudrez bien nous joindre sur
la route de Griffith Ap Gauvon. Veuillez
ne pas oublier qu'une partie indispensable
du costume est d'être muni d'un bâton
ayant au moins deux pouces de diamètre
en épaisseur, sur trois pieds et demi de
longueur. »

Cette dernière phrase fit faire quelques
réflexions à Bertram; mais il pensa que ce

bâton pouvoit être exigé par l'étiquette
des solennités funèbres du pays de Galles;
d'ailleurs, il se rappela que l'inhumation
du capitaine Le Harnois avoit reçu la
sanction du lord lieutenant. Il répondit
donc enfin :

—Eh bien, Messieurs, je ne dois certainement aucun argent au capitaine, et je
ne puis dire que je lui doive beaucoup d'af-
féction ; mais je ne conserve contre lui aucune rancune. Je ne serai pas fâché de
voir comment se célèbrent les obsèques
dans le pays de Galles, et je me rappelle
aussi qu'on m'a indiqué Griffith Ap Gauvon, comme un des endroits qui méri-
toient le plus d'être vus dans ces environs. Toutes ces considérations réunies me
décideront, si la matinée est belle, à vous
joindre demain sur la route d'Ap Gauvon.

Là, se termina la conversation. Les deux
compagnons le saluèrent , et se retirèrent

par une rue détournée, peut-être pour faire quelques préparatifs relativement à la cérémonie du lendemain : Bertram se rendit directement à l'auberge.

La nuit commençoit déjà à tomber, et l'on voyoit, à travers les fenêtres de toutes les maisons, briller le feu dans chaque foyer. Dans les rues, une foule d'hommes, qui n'étoient pas très-fermes sur leurs jambes, rendoient témoignage à la libéralité de sir Morgan. Tous les enfans se rassembloient en groupes, et se préparoient à faire partir des fusées et des pétards pour terminer joyeusement la journée. En approchant de l'auberge, Bertram vit une voiture arrêtée devant la porte, et, comme quelques passans portoient des torches, il distingua, à la lueur momentanée que l'une d'elles jeta sur la glace de la portière, une jeune dame assise dans l'intérieur. Un instant après, un domestique alluma les lanternes de l'équipage, et cette clarté moins passagère lui fit reconnoître une physionomie trop belle et trop expressive pour qu'on pût l'oublier quand on l'avoit vue une seule fois. C'étoit miss Walladmor, qui étoit alors en chemin pour retourner au château de son oncle.

— Elle va partir dans un moment, dit l'aubergiste; elle ne s'est arrêtée que pour changer de chevaux et faire allumer les lanternes. Les chevaux du lord lieutenant qui l'avoient amenée ce matin du château ont fait une trentaine de milles dans les environs depuis la sortie de l'église, ce qui en fait à peu près soixante au total. C'est une bonne journée pour quatre chevaux; aussi va-t-elle prendre les miens pour retourner à Walladmor.

—Et sir Morgan ne l'accompagne-t-il pas?

— Oh! non, sir Morgan, à pareil jour,

ne manque jamais de dîner avec le corps municipal. Il n'est pas encore prêt à partir, et j'ose dire qu'il n'y songera pas avant minuit bien sonné. Il ne faut pas que vous oubliiez que c'est aujourd'hui la fête de saint David; et je prendrai sur moi de dire (faites bien attention que je ne nomme personne) que, depuis le plus grand jusqu'au plus petit, il n'y aura pas un seul homme dans Machynleth qui se couche la tête bien saine quand l'horloge aura sonné douze coups, pas un seul qui quitte cette ville, après minuit, ayant les idées bien nettes. Quoi! nous prenez-vous pour des païens? On en trouveroit plus d'un ici qui étoit ivre, il y a quatre heures, et qui est prêt à s'enivrer de nouveau; et il n'y en a guère qui verront clair des deux yeux dans deux heures d'ici. Je réponds d'un du moins.

— J'espère que vous en excepterez les postillons de miss Walladmor ?

II. 2

— Je n'en excepte personne. S'il faut à miss Walladmor des postillons qui ne soient pas ivres, elle peut en envoyer chercher dans un autre comté ; car elle n'en trouvera pas un seul aujourd'hui dans celui-ci. Elle le sait fort bien, mais elle peut être bien tranquille. Dieu sait qu'il n'y a pas un postillon dans le comté, pas un cheval, pas une créature qui voudroit occasioner le moindre danger à miss Walladmor. Mes postillons peuvent avoir la tête un peu légère ; hé bien ! ils ne l'en conduiront que mieux. Voyez-vous ce gaillard qui va monter sur un des chevaux de devant ? A peine peut-il se tenir sur ses jambes, et j'ai quelque doute qu'il puisse réussir à y monter. Mais, s'il se met une fois en selle, le diable ne l'en feroit pas déguerpir : il y resteroit attaché comme une sangsue depuis Machynleth jusqu'à Jérusalem.

Que cette dernière partie de la prédic-

tion de l'aubergiste fût véritable ou fausse,
le fait est que la première se vérifia. Le
postillon dont il parloit avoit réussi à
mettre un pied dans l'étrier ; mais, en faisant passer sa jambe droite sur la croupe
du cheval, il lui entama le flanc avec l'é-
peron dont sa botte étoit armée. Le cheval
se cabra avec tant de vivacité, qu'il renversa presque son cavalier ; mais le drôle,
quoique complètement ivre, justifia l'o-
pinion qu'avoit eue de lui son maître, et
se trouvant en selle il s'y maintint si bien,
qu'on auroit dit que le cheval et lui ne formoient qu'un seul corps. Mais il arriva au
même instant un second accident qu'il lui
étoit impossible de prévoir et d'éviter, et
auquel il ne put remédier. Les enfans
avoient réservé leurs fusées et leurs pétards pour en faire une espèce de salut en
l'honneur de miss Walladmor, au moment
où elle partiroit. Quand ils virent le postillon mettre le pied sur l'étrier, ils en fi-

rent une décharge générale, et plusieurs
éclatèrent sous les pieds même des chevaux, qui, effrayés et irrités, devinrent
indomptables. Retenus par les mains fer-
mes du postillon, ceux de devant ne purent s'emporter, mais ils suivoient le mouvement rétrograde des deux autres, qui,
avant que personne, au milieu de la confusion et de l'obscurité, pût mettre la main
sur eux, firent reculer la voiture jusqu'au-
delà de l'auberge, endroit où une simple
barrière en bois, de deux pieds et demi
de hauteur, garnissoit le bord d'un précipice de quarante pieds de profondeur,
au fond duquel couloit la rivière.

En ce moment, un homme dont le visage étoit presque entièrement caché sous
un grand manteau brun, et qui, comme
Bertram l'avoit remarqué en conversant
avec l'aubergiste, avoit déjà fait plusieurs
fois le tour de la voiture, pendant qu'on

atteloit les chevaux et qu'on allumoit les lanternes, les yeux fixés sur les portières, sauta à la tête des chevaux de devant avec la rapidité de l'éclair, et employa toutes ses forces pour les retenir, tandis que d'autres personnes, encouragées par son exemple, en firent autant à l'égard des chevaux de derrière. Cependant les chevaux continuoient à trépigner, et étoient saisis d'un tremblement qui annonçoit l'approche d'un nouvel accès de fureur. L'homme qui tenoit les deux premiers tira de dessous son manteau un coutelas bien affilé, et le remit à un individu vêtu en marin, qui étoit près de lui, en lui ordonnant de couper les traits sur-le-champ. Il n'y avoit pas un moment à perdre, car les roues de derrière touchoient déjà à la foible barrière ; on entendoit le bois en craquer, et quelques pouces de plus de mouvement rétrograde auroient fait tomber l'équipage dans le précipice. Mais l'homme

vêtu en marin avoit toute l'activité de cette
profession, et il en montra aussi tout le
sang-froid. Il ne lui fallut pas plus de dix
secondes pour couper tous les traits qui
attachoient les chevaux à la voiture, et
d'autres personnes, se mettant aussitôt à
pousser les roues de derrière, l'eurent
bientôt éloignée du bord du précipice qui
avoit menacé de l'engloutir.

De grands cris de joie éclatèrent de
toutes parts, car miss Walladmor étoit
universellement aimée, tant pour elle-même qu'à cause de l'attachement local qu'on
avoit dans ce comté pour sa famille. Tant
que le danger avoit duré, elle avoit con-
servé son sang-froid et étoit restée tranquille dans sa voiture ; mais, quand il fut
passé, elle montra un peu plus d'agitation.
Cependant elle conserva assez d'empire sur
elle-même pour s'avancer à la portière et
adresser, d'une voix foible, mais intelli-

gible , des remerciemens à tous ceux qui
l'entouroient. La douceur de ses accens ,
le son mélancolique de sa voix tremblante
d'émotion, et sa beauté pensive éclairée
par la lueur des torches , charmèrent jusqu'au plus grossier paysan. Un profond
silence régna pendant qu'elle parloit ;
de nouvelles acclamations joyeuses lui ré-
pondirent , et proclamèrent le sentiment
d'affection dont tous les cœurs étoient pé-
nétrés pour la maison de Walladmor , et
celle qui étoit destinée à la représenter
un jour.

Bertram avoit été observateur silencieux
de tout ce qui venoit de se passer, et il
remarqua que , dès que la foule commença
à faire moins d'attention à la voiture ,
l'homme au manteau , qu'il n'avoit pas
perdu de vue un seul instant, s'en rappro-
cha sans affectation. Miss Walladmor l'a-
voit également observé, et elle savoit par-

faitement que c'étoit surtout à son courage
et à ses efforts qu'elle étoit redevable de
sa sûreté : elle désiroit donc trouver l'occasion de lui adresser des remerciemens
particuliers. Dans ce dessein , lorsqu'elle
le vit s'approcher, elle mit la tête à la portière , et elle alloit lui parler , quand il
rabattit le manteau qui lui couvroit presque toute la figure, et la lumière d'une
des lanternes tombant sur son visage fit
voir un homme d'environ vingt-quatre ans,
dont les traits parurent en ce moment à
Bertram plein de noblesse et de dignité, et
lui rappelèrent aussitôt le beau profil
qu'il avoit vu la nuit précédente dans un
corridor de l'auberge, si ce n'est que son
teint lui parut moins basané quoiqu'un peu
brun.

C'étoit une physionomie que miss Walladmor ne connoissoit que trop bien pour
son repos ; et il fut impossible d'en douter

d'après ce qui s'ensuivit. Dès qu'elle l'aperçut, elle poussa un grand cri; le bruit que
faisoit la foule empêcha qu'on ne l'enten-
dît; mais Bertram étoit trop près de la
voiture pour que ses oreilles n'en fussent
pas frappées. Miss Walladmor se rejeta
d'abord au fond de la voiture; mais, re-
venant à elle sur-le-champ, elle pencha
de nouveau la tête à la portière, les joues
couvertes d'une pâleur mortelle, et les
yeux remplis de larmes, qui leur donnoient un nouvel éclat. Elle jeta enfin un
regard sur l'étranger, et, lui voyant un
air d'embarras et d'agitation, parce qu'il
ne savoit comment interpréter l'émotion
qu'elle montroit, à l'instant même et avec
un élan de tendresse qui ne prenoit conseil
ni de la crainte, ni des scrupules, ni de la
timidité naturelle à une femme, mais qui
ne consultoit que son cœur, elle lui tendit
la main en pleurant et en souriant avec
toute l'innocence d'un amour vertueux.

Elle n'avoit pas de voix pour le remercier de lui avoir sauvé la vie, et ce n'étoit même pas sous ce point de vue qu'elle le considéroit alors : son cœur se reportoit à une époque où elle n'avoit pas besoin des liens de la gratitude pour justifier son attachement, où elle le croyoit du moins.

De son côté l'étranger ne prononça pas un seul mot. Il se seroit exposé mille fois à la mort pour sauver un seul cheveu de sa tête, et il étoit bien loin de songer que le service qu'il venoit de lui rendre pût être pour lui un titre à sa reconnoissance. Quand il vit le sourire qui embellissoit encore une figure céleste, quand il sentit une main tremblante entre les siennes, ses idées semblèrent s'égarer un instant; il leva les yeux au ciel comme s'il eût profondément réfléchi, et Bertram crut même voir ses lèvres agitées d'un léger mouvement convulsif. Tout à coup il parut revenir à lui, pressa la main qu'il tenoit, en joignant à ce geste un regard expressif qui partoit évidemment du cœur; baisa cette main avec l'angoisse d'un amour profond, sans fin comme sans espérance, y déposa une lettre, que miss Walladmor reçut sans la moindre hésitation, et, sans se hasarder à jeter sur elle un second regard, disparut dans l'obscurité.

Tout ce que nous venons de décrire n'occupa guère plus d'une minute. Bertram, d'après la position qu'il occupoit, eut lieu de croire que lui seul avoit remarqué cette scène extraordinaire, et il ne put s'empêcher de penser en lui-même : — Que de choses ils viennent de se dire, sans prononcer une seule parole !

Miss Walladmor leva la glace de la portière. On avoit été chercher de nouveaux harnois; on attela de nouveau les chevaux

à la voiture; et, environ dix minutes après
une scène qui l'avoit agitée de tant de manières, elle se trouva dans la solitude et les
ténèbres , commençant la longue route
qu'elle avoit à faire pour retourner au château de son oncle.

~~~~~~~~~~~~~~~~~~~~~~~~~~~~~~~~~~~~~~~~~~~

# CHAPITRE II.

« Retirez-vous, profanes !
Ne venez pas troubler des mystères si saints.
Fuyez ! votre présence insulte à nos chagrins.
Nous venons en ces lieux offrir une hécatombe,
Et vous, vous prétendez déshonorer sa tombe.
Nous voulons y verser le miel, l'huile et le vin,
La parer de laurier, de myrte, de jasmin :
Vous n'y répandriez que le fiel et l'absynthe. »

MASSINGER et FIELD.

La matinée du lendemain étoit superbe, et promettoit une belle journée, le froid continuant à se faire sentir vivement. Si Bertram eût oublié la promesse qu'il avoit faite la veille, le silence qui régnoit dans l'auberge et le départ de presque tous les

étrangers auroient probablement suffi pour
la lui rappeler, car il y avoit lieu de pré-
sumer que la plupart d'entre eux étoient
partis de bonne heure, soit pour faire
partie du cortége funèbre du capitaine Le
Harnois, soit pour satisfaire leur curiosité
en y assistant. Ce n'étoit pourtant qu'une
conjecture que Bertram devoit à sa sagacité plutôt qu'aux renseignemens qu'il avoit
cherché à se procurer sur l'évacuation subite de l'auberge ; car le maître de la maison sembloit se faire un devoir positif de
ne pas connoître les motifs des mouvemens
de ceux qui logeoient chez lui, ou du
moins de paroître les ignorer. Quant aux
funérailles du capitaine, il avoit probablement quelque raison particulière pour n'en
parler qu'avec un ton mystérieux, et comme
d'une affaire dont il ne falloit pas s'entretenir publiquement.

Bertram prit la route d'Aberkilvie, en

décrivant une ligne diagonale qui le conduisoit vers la mer ; mais il eut soin de
suivre les hauteurs, afin d'avoir toujours
en vue la vallée par où le cortége devoit
passer ; son projet étant de quitter les montagnes qu'il traversoit, pour le joindre à
l'endroit qui lui paroîtroit le plus conve-
nable. Enfin, du haut d'une montagne,
il aperçut la procession funéraire, dont
les premiers rangs étoient en marche depuis quelque temps, car ils entroient déjà
dans le long et étroit défilé qui séparoit les
montagnes dont il avoit suivi la chaîne, et
le cortége étoit si nombreux, que les derniers venoient à peine de quitter le bord
de la mer. C'étoit un spectacle imposant et
solennel que de voir, du haut de la montagne sur laquelle étoit alors Bertram,
cette foule d'hommes couverts de grands
manteaux de deuil, et qui paroissoient des
pygmées, s'avancer lentement dans un défilé auquel les yeux n'auroient donné que

la largeur d'un ruban , et qui circuloit à travers les montagnes. On doit supposer qu'ils marchoient en silence dans une cérémonie si lugubre; mais ils auroient crié, que Bertram n'auroit pu les entendre de l'élévation où il se trouvoit. Le bruit que faisoient nécessairement les voitures ne parvenoit pas même à son oreille , et l'on auroit dit que les pieds des chevaux étoient entourés de feutre.

Autant qu'il pouvoit distinguer les objets dans l'éloignement, il vit qu'un très-grand corbillard marchoit en tête de la procession , et de chaque côté étoient placés quatre marins vigoureux, en uniforme, un crêpe au bras, et un coutelas suspendu à leur ceinture. Une douzaine de chaises de poste suivoient le corbillard, et près de chaque portière marchoient deux marins équipés et armés de la même manière. Derrière les chaises de poste marchoient

les parens et amis du défunt, sur la tête
de quelques-uns desquels Bertram crut
distinguer des panaches. Venoit ensuite
une foule plus mélangée, et marchant avec
moins d'ordre, probablement ceux qui
avoient été invités à cette cérémonie lugubre, ou que la curiosité y avoit at-
tirés. Tous tenoient en main un gros bâton,
et l'on voyoit même briller quelques armes.

Après avoir regardé ce cortége, pendant
quelques instans, comme spectateur indif-
férent, Bertram se mit en marche pour
aller le joindre comme devant en faire
partie. Comme il descendoit de la montagne en se dirigeant de ce coté, son intention devint manifeste; et, quoique la
plupart marchassent les yeux baissés, quelques-uns l'aperçurent quand il commença
à s'approcher, et on lui cria à haute voix :
— Le bâton ! le bâton ! Bertram avoit to-
talement oublié de se munir de ce symbole

2*

de fraternité, et ayant déjà remarqué qu'il
n'y avoit dans cette nombreuse réunion
personne qui n'en fût pourvu, il n'hésita
pas à couper la première épine qu'il ren-
contra, et le hasard voulut qu'elle fût si
grosse, si noueuse, qu'elle ressembloit
presque à une massue, et il ne put s'empêcher de sourire en se comparant au
sauvage qu'on voit figurer sur plusieurs
armoiries.

Cette sorte d'initiation, cet ordre qu'on
lui donnoit de prendre un bâton avant
de se joindre à la procession funèbre,
lui parurent si étranges, lui rappelèrent
tellement le rameau d'or qu'Énée cueillit
d'après les avis de la sibylle, avant de
descendre dans les enfers, que, lorsqu'il
eut pris place dans le cortége, il ne put
s'empêcher de demander à son voisin
ce que signifioit cette coutume singu-
lière; si elle étoit généralement en usage

dans tout le pays de Galles, ou si on l'a-
voit seulement adoptée pour l'inhumation
du capitaine Le Harnois, et en ce cas
quel en étoit le motif. Malheureusement,
il faisoit cette question à un homme d'hu-
meur sombre et bourrue, qui se contenta
de lui répondre : — Le motif? C'est qu'il
y a mille maudits chiens dans ce coquin
de pays, et qu'il faut des bâtons pour les
écarter. Voilà le motif.

Pendant quelque temps, le cortége
avança avec beaucoup d'ordre et de déco-
rum, et, tant que la mer fut visible de
l'arrière-garde, le plus profond silence y
régna. Mais, lorsqu'on eut perdu de vue
les côtes de l'Océan, qu'on fut entouré de
tous côtés par les montagnes, et qu'on n'eut
plus à craindre d'être aperçu par des yeux
étrangers, les choses commencèrent à
changer de face, et l'on secoua peu à peu
toute contrainte. On toussa librement; au

lieu de baisser la voix pour dire un mot à
son voisin, on parla gaiement et sans aucune gêne ; on rompit les rangs, et chacun
alla joindre ses connoissances pour s'entretenir familièrement. Toute apparence d'ordre et de retenue disparut promptement ;
et enfin un gros homme de petite taille,
dont le visage étoit enterré sous le grand
manteau de deuil dont le capuchon couvroit sa tête, quitta sa place, alla s'asseoir
sur une grosse pierre, déboutonna son
habit et son gilet, et s'écria à haute voix :

— Au diable cette chienne de marche !
Qu'on cargue les voiles ! Je veux être pendu
si je fais un pas de plus sans boire. Hé !
vous autres là bas, n'avez-vous rien à boire?
Ohé, corbillard ! n'avez-vous pas d'eau-
de-vie sous les écoutilles ? Diable ! je ne
puis faire voile sans eau. Mort de ma vie !
Vous pouvez jeter le capitaine Le Harnois
dans sa fosse la tête la première, si vous

ne me donnez un verre d'eau-de-vie, de
whiskey, n'importe quoi. Diable! peut-on
se promener toute la journée sur le gaillard d'arrière, sans avoir de quoi se mouil-
ler les lèvres? M'entendez-vous là bas?
Allons donc, à la manœuvre! Ohé! corbillard, ohé!

Quand une fois un mutin se déclare et
se met en avant, il est presque toujours
sûr d'en trouver un autre pour le soutenir;
car ce n'est que le premier pas sur le seuil
de la porte qui donne l'alarme. Ce fut ce
qui arriva en cette occasion. A peine le
gros homme avoit-il arboré ainsi l'étendard
de la révolte, qu'il fut joint par un grand
nombre d'autres, et un cri général s'éleva
pour demander du vin, de l'eau-de-vie,
du whiskey, du grog. Comme on ne fit pas
droit à cette demande, on commença un
concert à la hollandaise de chansons de
toute espèce, joviales, amoureuses, ba-

chiques, politiques, comiques, poissardes,
et quelques-unes même d'un genre fait
pour révolter des oreilles chastes. Jamais
funérailles n'avoient été célébrées plus
gaiement, et les échos des montagnes ré-
pétoient ces sons joyeux après avoir été
frappés une demi-heure auparavant par le
chant des hymnes et des psaumes du service de l'église catholique pour les morts.

Quand on fut las de chanter, on se mit
à imiter les cris de tous les animaux qui
trouvèrent place jadis dans l'arche de Noé,
et l'on entendit plus que mugir, hurler,
rugir, braire, aboyer, miauler, siffler,
hennir, bêler, etc., etc. Enfin un homme
bien vêtu s'avança d'un air grave pour faire
des représentations aux insurgens, et Bertram reconnut en lui sur-le-champ le di-
recteur de la troupe de comédiens, dont
une partie l'avoit accompagné; et c'étoient
eux qui, portant leur costume théâtral,

peut-être à défaut d'en avoir un autre, avoient sur la tête des chapeaux et des casques surmontés de panaches, comme Bertram l'avoit remarqué du haut de la montagne d'où il avoit d'abord aperçu le cortége ; mais les révoltés lui fermèrent la bouche par leurs cris. Quoi ! écouter un arlequin que chacun peut voir pour six pences ! et l'insurrection n'en continua pas moins.

Ceux qui étoient en tête du cortége, et qui étoient chargés de conduire les funérailles, s'aperçurent enfin du désordre qui régnoit à l'arrière-garde, et s'y rendirent pour le faire cesser. Ils proposèrent une transaction aux mécontens : ceux-ci renonceroient à une demande à laquelle on ne pouvoit satisfaire sans danger en ce moment ; et, pour les en dédommager, on leur accorderoit triple ration de vin et de liqueurs fortes, quand ils seroient ar-

rivés à leur destination. Cette proposition
n'obtint pas un accueil favorable, et il est
probable que les insurgens l'auroient re-
jetée, si un nouvel incident n'eût répandu
tout à coup l'alarme.

Un marin qui avoit été faire une reconnoissance sur une hauteur voisine ac-
courut à la hâte pour annoncer qu'il avoit
aperçu à quelque distance un détachement
d'employés de l'excise. Le danger commun
réunit tous les esprits, et le traité fut con-
clu sur les bases proposées. Chacun reprit
sa place dans le cortége, et l'antienne funéraire recommença à retentir dans la
vallée. Bertram, qui venoit d'entendre dans
son voisinage quelques couplets plus que
licencieux, craignit d'abord qu'il ne se fît
quelque mélange du sacré avec le profane,
tandis que les officiers de l'excise passe-
roient; mais non, les bouches les plus
impures qui venoient de chanter les chan-

sons les plus ordurières, ne s'ouvrirent plus que pour entonner des hymnes religieuses, passant d'un genre à l'autre aussi facilement qu'un musicien change de clef.

Au bout de quelques minutes, une halte qui suspendit progressivement la marche de tout le cortége annonça aux derniers rangs, par une sorte de pressentiment simpathique, ce qui se passoit à l'avant-garde. Un détachement peu considérable d'employés de l'excise avoit arrêté la marche, fait quelques questions, montré quelques soupçons, mais la vue de l'ordre du lord lieutenant les avoit satisfaits; ils continuèrent leur chemin, et toute la ligne se remit en mouvement.

Le cortége avança ensuite quelque temps sans aucune interruption. L'harmonie générale fut pourtant encore troublée par quelques chansons politiques du genre le

II.                                    3

plus inflammable. Celui qui les chantoit à
haute voix étoit placé derrière Bertram, et
en se retournant il reconnut M. Dulberry.
Il fut fort surpris de trouver le réformateur
radical dans une réunion qui devoit offrir
si peu d'aliment au feu patriotique qui le
dévoroit. Le fait est pourtant que M. Dulberry ne s'y étoit rendu que parce qu'il
s'en promettoit bien des choses. D'abord il
nourrissoit en secret l'espérance qu'il s'a-
gissoit d'un rassemblement illégal ; ensuite
il se croyoit sûr de ne pas se retirer sans
avoir bu quelques verres d'eau-de-vie de
contrebande, et qui, par conséquent, in-
dépendamment de son mérite intrinsèque,
auroit encore celui de ne pas avoir payé
les droits auxquels il avoit plu à un gouvernement oppresseur et tyrannique de
l'assujétir.

Cependant, malgré toute son horreur
pour tout système régulier de gouverne-

ment, M. Dulberry ne tarda pas à sentir qu'il falloit en cette occasion qu'il fléchît, sous le joug du pouvoir arbitraire. Comme il étoit le seul qui chantât de pareilles chansons, ceux qui étoient chargés de la direction du cortége résolurent d'employer des moyens vigoureux et sommaires pour empêcher la contagion de s'étendre. En conséquence on le saisit par le collet, on le secoua rudement, et on lui fit sentir, par l'air déterminé avec lequel on lui parla, que sa conduite ne seroit pas tolérée. Mais M. Dulberry étoit aguerri aux menaces ; il ne répondit à de pareils argumens qu'en citant la grande charte, les droits de l'homme et l'*habeas corpus ;* et, quand il se vit traité avec si peu de cérémonie, il menaça à son tour ses antagonistes d'intenter une poursuite judiciaire contre eux, pour cause de mauvais traitemens.

Un de ceux qui l'avoient pris au collet,

et qui conservoit le plus de sang-froid,
voyant à qui il avoit affaire, lui parla sur
un ton plus propre à en être entendu.
— M. Dulberry, lui dit-il, êtes-vous un
espion, un délateur, un agent de lord
Londonderry?

Dulberry frémit d'indignation et fut
glacé d'horreur en s'entendant adresser
une telle question.

— Comment ne le croirions-nous pas,
continua celui qui lui parloit, puisque vous
favorisez les vues du gouvernement, dont
nous venons d'apprendre, par un avis secret, que les agens se disposent à apporter
une opposition sérieuse à notre marche à
la prochaine barrière? Nous n'en sommes
pas bien loin; et ils ne peuvent désirer de
meilleur prétexte pour nous molester que
les chansons que vous faites entendre, et
qui conviennent si peu à cette cérémonie
solennelle.

La route faisant un coude en ce moment, dès qu'on l'eut passé, on vit de loin
la barrière d'un péage, et cette vue confirma d'une manière aussi sûre que désagréable l'avis secret qu'on avoit reçu. On
avoit obstrué la route avec des chariots
et des charrettes de toute espèce , et
deux forts détachemens d'employés des
douanes, à pied et à cheval, en occupoient
les côtés.

A ce spectacle M. Dulberry devint
muet. Un ordre plus strict que jamais se
rétablit dans la marche, et les chants religieux se firent entendre de nouveau dans
la vallée étroite qu'on traversoit. Les principaux chefs se réunirent pour tenir une
consultation, et s'assemblèrent derrière les
chaises de poste, qu'ils placèrent par deux
de front, afin de masquer leurs mouvemens. On prit un sac dans une des chaises ;
on en tira une douzaine de coutelas qu'on

distribua à des gens sur qui l'on pouvoit compter, mais qui les cachèrent sous leurs grands manteaux de deuil; car on ne laissa rien paroître à l'extérieur qui pût inspirer le moindre doute sur le caractère pacifique et religieux de la procession.

La tête du cortége étoit alors arrivée à la barrière, et une halte subite y eut lieu. Une demi-douzaine des principaux personnages qui conduisoient le convoi s'avancèrent pour demander pourquoi la barrière étoit fermée, et le passage sur la voie publique intercepté. L'explication fut vive et orageuse, et un grand nombre de ceux qui se trouvoient plus loin dans le cortége quittèrent leurs rangs pour s'approcher, les uns en conséquence des ordres secrets qu'ils avoient reçus, les autres par curiosité. Bertram fut du nombre de ces derniers, et il arriva lorsqu'un des chefs des funérailles s'écrioit :

— Ainsi donc vous méprisez les ordres du lord lieutenant?

— Il s'en faut de beaucoup, répondit l'officier qui commandoit les douaniers; nous avons au contraire le plus grand respect pour le lord lieutenant et pour ses ordres.

—Vous voulez donc dire que l'ordre que nous venons de vous présenter est faux ?

— Nous ne disons pas qu'il est faux, mais il peut avoir été accordé sur un faux exposé. Le lord lieutenant n'est pas plus convaincu que nous ne le sommes nous-mêmes de la vérité des allégations d'après lesquelles il a signé cet ordre.

— Cela est faux, Monsieur. Le lord lieutenant en est parfaitement convaincu, et il se trouve ici des gens qui peuvent l'attester. Si vous ne voyez pas sa voiture à

la suite du convoi, c'est sans doute parce
que nous sommes partis de trop bonne
heure.

—Vous vous trompez, Monsieur : ce n'est
pas cette raison qui en est cause. Le lord
lieutenant a reçu la nuit dernière des in-
formations qui l'ont décidé à changer ses
intentions , à en suspendre l'effet du
moins. Prouvez-nous que le corps du capitaine Le Harnois est dans ce corbillard,
nous dépêcherons à l'instant un exprès à
cheval au château de Walladmor, et une
voiture de sir Morgan viendra vous rejoindre dans deux heures par la route de
traverse de Festiniog.

— Juste ciel ! est-il possible que vous
songiez à troubler les cendres d'un brave
officier, d'un descendant des Montmorency ? Quoi, Monsieur, les peuplades
les plus sauvages des îles de la mer du Sud,

les cannibales, les anthropophages, respectent les restes des morts! Le fils du capitaine Le Harnois est avec nous, Monsieur. Sa parole d'honneur, la parole d'un Montmorency, ne vous paroîtra-t-elle pas une garantie suffisante? Le nom seul de Montmorency, du premier baron chrétien de France, devroit servir de passeport dans toute la chrétienté.

— C'est un beau nom, sans doute, Monsieur; mais il ne fera pas ouvrir une barrière dans le comté de Mérioneth. Et pour couper court à cette discussion, je vous déclare qu'aucune voiture ne passera par celle-ci sans avoir été visitée.

— Si vous n'avez pas plus d'égards pour le nom de Montmorency, peut-être en montrerez-vous davantage pour les lis de France. Feu le capitaine Le Harnois commandoit un vaisseau au service de sa ma-

jesté très-chrétienne. Ne craignez-vous pas
d'occasioner une rupture entre la cour de
Saint-James et celle des Tuileries.

—J'espère que les choses n'en viendront
pas là, répondit l'officier douanier en souriant.

—Peut-être non; mais comment l'em-
pêchera-t-on? Voulez-vous que je vous
l'apprenne, mon bon ami? ce sera en vous
sacrifiant vous-même. Il est de notoriété
publique que l'état des finances de l'Angleterre fait qu'elle ne désire pas la guerre
en ce moment. Cependant il faudra chercher une offrande pour apaiser l'honneur
outragé de la France; lord Londonderry
vous fera dresser un piége, vous disparoî-
trez par une nuit bien sombre, et votre
tête sera envoyée en France dans un sac,
comme celle d'Holopherne.

De grands éclats de rire suivirent ce

discours, et Bertram vit avec surprise que ceux avec qui il se trouvoit rioient d'aussi bon cœur que les douaniers. Cependant quelques-uns de ses compagnons, qui avoient l'air de vieux marins, écoutoient cette conférence avec une impatience marquée, et l'un d'eux, se chargeant de prendre la parole pour les autres, s'avança vers l'officier des douanes.

—Par la sainte-barbe ! s'écria-t-il, à quoi bon tout ce bavardage ? Virez de bord, requin d'eau douce, et faites force de voiles. Noble capitaine, faut-il aller à l'abordage ? ajouta-il en s'adressant au jeune homme placé derrière le corbillard, et qu'on avoit désigné à Bertram comme étant le fils du capitaine Le Harnois. Il avoit son chapeau enfoncé sur les yeux, et Bertram ne pouvoit le voir que de côté; cependant il crut encore reconnoître en lui le profil qui l'avoit frappé dans un cor-

ridor de l'auberge, et l'étranger qui avoit
secouru la veille miss Walladmor. Mais
il n'eut pas le loisir de l'examiner long-
temps ; car, au même instant, ce jeune
homme dit un mot à ses deux voisins de
droite et de gauche ; ceux-ci se retirèrent
en arrière pour exécuter ses ordres, et une
troupe formidable de marins qui s'étoient
avancés peu à peu, se forma en ligne bien
rangée en face des douaniers.

En ce moment le jeune homme siffla,
et en un clin d'œil quarante manteaux de
deuil furent jetés bas, et laissèrent voir
autant de marins armés de pistolets, de
poignards et de coutelas, et dont une
partie avoient même une carabine attachée
derrière le dos par une bandoulière ; un
cri général s'éleva. Les deux individus à
qui le jeune homme, que nous pouvons
maintenant appeler le chef, avoit dit quelques mots, gravirent les montagnes à droite

et à gauche, chacun suivi d'une dixaine de leurs compagnons, et faisant un court cir- cuit avec une vitesse comparable à celle du daim le plus agile, descendirent avec la rapidité d'un torrent derrière la cava- lerie des douanes, et grimpant comme des chats au-dessus des chariots, sautant par- dessus la barrière, ils s'élancèrent en croupe sur les chevaux de leurs ennemis. Ceux-ci, ayant en face une troupe bien armée plus nombreuse que la leur, et serrés par derrière entre les bras de leurs anta- gonistes, ne pouvoient rien opposer à cette manœuvre inattendue, et se trou- voient dans une situation aussi fâcheuse que grotesque. Ils n'avoient aucun moyen d'espérer de réussir dans une charge à travers des ennemis qui s'étoient appuyés de leur côté sur une triple ligne de barri- cades formées par leurs chaises de poste. Voyant donc que toute résistance seroit inu- tile, ils se rendirent et remirent leurs armes.

Cependant les douaniers à pied, au nombre de vingt-cinq, en voyant l'attaque contre la cavalerie, s'étoient retirés dans un petit jardin dépendant de la maison du receveur du droit de péage, et s'étoient formés derrière une haie basse. Un corps de marins d'élite fut chargé de les en déloger, et le chef se mit à leur tête. Lorsqu'ils furent à portée, les douaniers firent une décharge générale de leurs pistolets, dont la plupart n'étoient pas chargés à balle, car ils ne s'étoient pas attendus à une résistance si sérieuse, et le résultat en fut que personne ne fut blessé à l'exception du commandant, qui reçut une blessure dans les chairs du bras gauche. D'après les ordres qu'il avoit préalablement donnés, les douaniers furent attaqués avant qu'ils eussent eu le temps de recharger; les marins se précipitèrent sur eux, et sans recourir à leurs armes à feu, ni à leurs coutelas, les saluèrent à grands coups de bâton. Dix ou douze furent

renversés sur-le-champ, et on s'empara de
leurs armes.

Se voyant trop foibles pour résister, les
autres prirent la fuite, sautèrent par-dessus
la barricade, et montèrent ensuite de chariots en chariots jusqu'à ce qu'ils fussent
arrivés à la dernière ligne, d'où ils pourroient avoir une retraite plus facile. Cette
barricade avoit été formée par tous les
chariots qui avoient passé sur la route depuis l'arrivée des douaniers qui les avoient
mis en réquisition pour ce service forcé.
On n'en avoit pas dételé les chevaux ; on
s'étoit contenté de les tourner en travers,
les chevaux regardant les deux côtés de la
route. — Allons, mes piques d'abordage !
s'écria le jeune chef d'un ton de plaisan-
terie ; où sont mes piques d'abordage ? La
barrière venoit déjà d'être brisée, et un
corps de réserve s'avançant, ce fut l'affaire
d'un instant de tourner la tête des chevaux

du côté de la mer, et quelques coups de
bâton appliqués sur les hanches les firent
partir au grand galop. De crainte qu'ils ne
se ralentissent, quelques marins les accom-
pagnèrent en courant une centaine de pas,
et eurent soin d'entretenir leur ardeur en
employant le même moyen.

Les douaniers entroient à peine alors
dans un des chariots de la dernière ligne,
et ce mouvement fut si rapide qu'ils n'eurent pas le temps d'en sortir; ils furent
donc obligés de partir au grand galop dans
un chariot découvert sur un pavé raboteux,
et il en résulta que cinq d'entre eux per-
dirent l'équilibre et tombèrent sur la route.
Les autres parvinrent à se maintenir sur
leur équipage ; mais ces chariots, sans conducteurs, et allant plus ou moins vite suivant le degré de bonté relative des chevaux qui y étoient attelés, s'accrochoient à
chaque instant, et enfin celui qui portoit

le reste des malheureux douaniers reçut
un choc si violent, qu'une des roues se
cassa, et toute la cargaison fit naufrage
au milieu des éclats de rire des vainqueurs.

Les marins n'avoient fait partir ainsi que
les chariots qui obstruoient le passage, et
il en restoit encore plusieurs sur les deux
côtés de la route. Ils choisirent le plus léger, y chargèrent les dépouilles restées
sur le champ de bataille, c'est-à-dire les
sabres et les pistolets des douaniers, et le
firent partir en avant. Ils prirent ensuite le
plus lourd, y attelèrent les deux plus mauvaises rosses qu'ils purent trouver parmi
les chevaux qui restoient, et y placèrent
ceux des douaniers que quelques coups de
bâton avoient mis hors de combat. On réunit les autres ; on leur ordonna de suivre
pour s'en aller la même route que le prétendu convoi avoit prise pour venir, et,
pour assurer l'exécution de cette manœuvre,

3*

quelques marins bien armés reçurent
ordre de les escorter pendant quelques
milles. Par le moyen de cet arrangement
prudent on évitoit tout danger de poursuite immédiate , car le village le plus voisin de ce côté étoit à dix-huit milles de la
barrière. Utragan, qui étoit à quatre milles
plus loin, fut fixé comme devant être le
point du rendez-vous général ; enfin on
célébra la victoire en perçant un baril d'eau-
de-vie de France, dont on offrit à tous ceux
qui voulurent en boire.

—Et maintenant, camarades, dit le chef,
après avoir fait servir à tous ses compagnons une double ration d'eau-de-vie ,
songeons que les momens sont précieux et
qu'il faut en profiter. Prenez les chevaux
des chariots qui restent, n'oubliez pas ceux
des douaniers , ajoutez-les aux nôtres pour
faire marcher plus vite nos voitures , et
rendons-nous comme le vent à Utragan ,

où nous devons tous nous réunir. Nous trouverons aisément dans les environs un lieu sûr pour y déposer notre cargaison.

A ces mots il monta lui-même sur le cheval d'un douanier, et partit au grand galop.

Bertram, qui, pendant l'engagement, s'étoit tenu à l'écart, sans prendre aucune part à ce qui se passoit, vit alors une scène qui mit le comble à son étonnement, et qui fut un dénouement très-convenable de l'enterrement du capitaine Le Harnois. On dételed tous les chevaux des chariots et charrettes pour augmenter le nombre de ceux qui traînoient les chaises de poste. Le corbillard, qui n'avoit eu jusqu'alors que quatre chevaux, en eut un atelage de six. Sur l'un des deux premiers étoit le contre-maître de *la Fleur-de-lis*, ayant les talons

armés d'une paire d'éperons d'argent , dé-
p ouilles prises sur un douanier , et dont il
faisoit bon usage pour caresser les flancs
de deux énormes chevaux de labour , et
s'étant fait une selle de son grand manteau
de deuil. Sur un des chevaux suivans étoit
un vieux pêcheur , celui qui avoit amené
Bertram à terre dans sa barque , faisant
claquer un grand fouet de charretier dont
le bruit et les coups doubloient l'ardeur des
chevaux. Sur le siége du conducteur étoit
assis un vieux marin ayant une jambe de
bois , dont il frappoit sans cesse sur la
planche servant de marche-pied , bruit
qui paroissoit sans doute fort extraordinaire à l'oreille des chevaux , et qui en les
inquiétant ajoutoit encore à leur vitesse.
Enfin on voyoit une douzaine de marins
montés sur l'impériale : deux placés à un
bout exécutoient une espèce de menuet,
en se faisant l'un à l'autre les révérences
les plus grotesques ; tandis que les autres,

se.tenant par la main, dansoient en rond
autour de leurs compagnons, qui, ayant
attaché son manteau de deuil au bout d'un
bâton, le tenoient élevé en l'air comme un
pavillon qui flottoit au gré du vent, tour
de force dont nul autre n'eût été capable
que des marins habitués à marcher d'un
pas ferme sur le tillac d'un navire, même
pendant les tempêtes et les ouragans ; car
le contre-maître, le vieux pêcheur et la
jambe de bois, maintenoient inexorable-
ment les chevaux au grand galop, et le
corbillard sembloit voler dans cette vallée
solitaire. L'impériale des chaises de poste,
auxquelles on avoit ajouté aussi un ou
deux chevaux, étoit également chargée
d'un nombre proportionné de marins. Enfin l'arrière-garde se composoit d'une
foule de piétons de toute espèce, qui suivoient *haud passibus æquis*, en poussant
de grands cris, en agitant en l'air leurs
chapeaux, et en reprochant aux marins

montés sur les impériales, de ne pas les
avoir pris à bord.

Parmi le nombre des piétons essoufflés,
M. Dulberry se faisoit surtout remarquer.
Il tenoit son habit relevé autour de sa
ceinture pour pouvoir courir plus vite, et
crioit à chaque instant, les yeux étin-
celans de fureur : — Arrêtez, maudits aris-
tocrates ! tous les hommes sont égaux.
Attendez vos frères qui sont à pied,
vils chiens aristocratiques ! Mais ses cris
étoient inutiles ; les marins étoient trop
occupés à crier et à rire pour l'écouter, et il n'attira sur lui que l'attention
d'un seul.

Placé à peu près au milieu de la ligne
des chaises de poste, le corbillard sembloit
être le commodore d'une escadre, et il en
partoit à chaque instant un feu roulant
de signaux et d'instructions pour tous les

bâtimens de conserve. Un marin placé sur le gaillard d'avant de l'impériale, et qui paroissoit vouloir se charger des fonctions de pilote, s'aperçut des efforts extraordinaires que faisoit M. Dulberry pour les suivre, et entendit les injures qu'il leur adressoit.

— Hé! camarades! s'écria-t-il, voyez donc ce grand flandrin de marin d'eau douce! Eh non! ce n'est pas par là, c'est à babord! Ne diroit-on pas une vache qui court? Qui est-ce qui a une pierre à me donner, afin que je lui envoie de quoi se souvenir de moi? Hé! vous autres, en avant, ayez l'œil au guet; il peut se trouver des brisans. A quoi songez-vous donc, contremaître? donnez un bon coup de fouet de ma part à ce paresseux de cheval! Mais regardez donc ce visage de vieux singe! il faut qu'il ait conduit la charrue toute sa vie; et je crois qu'il laboure au profit du

diable. Avez-vous un pistolet, contre-
maître ? Faites-lui siffler une balle aux
oreilles. Puisqu'il chante si bien, il faut
qu'il aime la musique. Pêcheur, vous tenez
votre fouet comme si c'étoit une ligne !
Caressez-moi donc les côtes de ce grand
coquin de cheval noir ! Allons, contre-
maître, attention ! Doublez-moi propre-
ment le cap de Horn !

Le cap de Horn fut doublé l'instant
d'après, et les chaises de poste et le corbillard, fuyant comme les nuages devant
l'aquilon furieux, disparurent derrière une
montagne. Les piétons ne tardèrent pas à
les suivre ; le tumulte des cris de joie, des
juremens, des éclats de rire et des malédictions ; le bruit des coups de fouet, des
chevaux et des voitures, cessèrent bientôt
de se faire entendre, et ne furent plus ré-
pétés que par les échos plus éloignés. Les
visages rayonnans de la joie qu'inspire la

victoire; les manteaux noirs dont on avoit
fait des ceintures et des bannières ; les gros
bâtons appuyés sur l'épaule comme autant
de mousquets ; les danseurs placés sur les
impériales : tout disparut derrière les bar-
rières élevées que la nature opposoit aux
yeux.

Bertram, qui s'étoit arrêté à quelques
pas du champ de bataille, se trouva alors
seul dans une vallée où régnoit le silence
du tombeau, silence qui étoit aussi profond
à trois heures après midi, quand le soleil
répandoit encore des torrens de lumière,
que si l'on eût été au milieu des ténèbres
de minuit. Il avoit l'esprit tellement agité
par cette suite tumultueuse et rapide d'é-
vénemens imprévus dont il venoit d'être
témoin, que s'il n'avoit pas vu la barrière
brisée, quelques chariots renversés, et
d'autres preuves de l'engagement qui avoit
eu lieu, il auroit été tenté de croire que

II.                                    4

les funérailles du capitaine Le Harnois et
tout ce qui y avoit rapport n'étoient qu'un
rêve dont son imagination avoit été le
jouet.

~~~~~~~~~~~~~~~~~~~~~~~~~~~~~~~~~~~~~~~~~~~~~~~~~~~~~~~~~~

# CHAPITRE III.

« Pour me rendre l'esprit avez-vous un breuvage ?
Si vous n'en avez pas, cessez ce verbiage. »

BEAUMONT et FLETCHER.

TANDIS que Bertram, assis sur une grosse pierre le long de la route, cherchoit à recueillir ses idées et réfléchissoit sur ce qu'il avoit à faire, il se souvint tout à coup qu'immédiatement avant l'attaque contre les douaniers, on lui avoit glissé dans la main un papier qu'il avoit négligé de lire jusqu'alors, tant la scène qui se passoit

sous ses yeux lui inspiroit d'intérêt. Il tira
ce papier de sa poche ; c'étoit un billet
écrit au crayon, et contenant ce qui suit :

« Vous désirez voir les ruines d'Ap
Gauvon. Je vous préviens donc en confi-
dence que le convoi funèbre dirigera sa
marche vers un autre point. Saisissez la
première occasion favorable que vous pour-
rez trouver pour vous séparer de cette canaille. La petite vallée qui tourne sur la
gauche conduit à l'abbaye de Griffith Ap
Gauvin. Vous y arriverez facilement avant
la nuit, et vous y serez bien reçu par

» Un ancien ami. »

Le jour étoit beau, l'air froid et par conséquent favorable à la marche, et tout annonçoit la continuation du beau temps, si
ce n'est qu'à l'horizon le firmament prenoit cette teinte d'émeraude qui annonce

assez souvent la neige. Cependant, comme
il étoit trop tard pour retourner de jour à
Machynleth, et que les ruines d'Ap Gauvon, d'après la description qu'on lui en
avoit faite, étoient un objet qui piquoit la
curiosité de Bertram, et qui lui paroissoit
devoir l'intéresser, il résolut de suivre le
chemin qui lui étoit indiqué dans le billet
qu'il venoit de recevoir. En conséquence,
il entra dans une vallée étroite qui se dirigeoit sur la gauche, et, après avoir fait un
ou deux milles, il y trouva un humble
cabaret où il s'arrêta tant pour y prendre
quelques rafraîchissemens que pour tâcher
d'obtenir de nouveaux renseignemens sur
le chemin qu'il devoit suivre.

— Y a-t-il bien loin d'ici à l'abbaye de
Griffith Ap Gauvon? demanda-t-il à l'hôte
qui lui servoit un dîner très-frugal.

— Ap Gauvon? attendez, il peut y

avoir huit milles, plus de sept bien certainement. Mais vous n'avez pas dessein d'aller
si loin ce soir?

— Pourquoi? Y a-t-il quelque danger?

— Ma foi! je ne réponds de rien. Il vient
quelquefois de ce côté de drôles de gens
du bord de la mer. Cependant je ne crois
pas que vous ayez rien à en craindre; car
je suppose que vous n'avez pas dessein
d'entrer dans les ruines de l'abbaye.

— Et quand j'en aurois le projet, n'y
a-t-il personne à l'abbaye ou dans les environs qui puisse me loger pour la nuit?

Le cabaretier le regarda avec un air de
surprise, et lui dit d'un ton de réserve :
— A l'abbaye! Et qui voulez-vous y trouver si ce n'est des hiboux, et peut-être
quelques chauves-souris pendant l'été?

— J'espère que je trouverai quelque logement dans les environs. Quoi qu'il en soit, vous m'obligerez si vous voulez m'enseigner le chemin le plus court pour m'y rendre.

— Ma foi, j'aime mieux vous le dire que le faire; car c'est un chien de chemin de traverse, et il y a peu de personnes dans le pays qui le connoissent. Au surplus, le chemin le plus court pour vous, c'est de côtoyer les montagnes que vous voyez là bas, en les laissant toujours sur votre droite, jusqu'à ce que vous arriviez au vieux gibet de Pont-ar-Diawl, et là vous tâcherez de trouver quelqu'un pour vous mettre sur la voie.

— Un gibet ! vous ne devez pas en avoir grand besoin, dans un canton où l'on trouve si peu d'habitans.

— Sans doute, mon maître; nous n'en faisons pas grand usage : mais je me sou-

viens d'avoir vu de mon temps quelques
beaux jeunes gens faire leurs derniers
adieux au monde sur ce gibet; et quelquefois on rencontre sur ces montagnes une
vieille créature dont le cœur paroît près de se
fendre quand elle regarde de ce côté. Mais
le gibet est solide, car il est construit en
pierre. On dit que c'est le roi Edouard I$^{er}$
qui l'a fait élever pour y faire pendre par
douzaines les joueurs de harpe gallois. Au
surplus, qu'il les ait fait pendre par douzaines ou par vingtaines, cela ne nous
regarde ni vous ni moi.

—Mais je suppose qu'aujourd'hui les
joueurs de harpe ne donnent pas beaucoup
d'ouvrage à ce gibet. S'il a quelques pra-
tiques, il doit les trouver parmi ces drôles
de gens du bord de la mer. Qu'en dites-
vous, notre hôte?

— Quant à cela, mon maître, tant qu'on

ne cherche pas à me nuire, ce n'est pas
mon usage de mal parler de personne. Il
est bien vrai que, pendant les nuits d'hiver,
j'entends quelquefois du bruit dans ma
grange, et que ma femme et mes filles
voudroient que j'en fermasse la porte
avant qu'il fît noir. Mais, comme je le
leur dis bien souvent, j'aime mieux que
ces braves gens se couchent sur ma paille,
et donnent à leurs chevaux une couple de
poignées de mon foin, que de voir une
belle nuit ma maison brûler sur ma tête.
D'ailleurs, pour rendre au diable ce qui
lui est dû, je ne crois pas y perdre beaucoup, car je trouve presque toujours une
couple de bouteilles de bonne eau-de-vie
qu'ils laissent en partant.

— Ainsi donc, au total, ces drôles de
gens du bord de la mer ne sont pas tout-
à-fait incivils; et si ce sont eux qui oc-
cupent Ap Gauvon, peut-être ne refuse-

ront-ils pas l'hospitalité à un voyageur comme moi.

— C'est possible, mais c'est ce dont je ne puis répondre. Je ne connois guère Ap Gauvon, car je n'y ai jamais été, et je n'irai jamais s'il plaît à Dieu. Pourquoi iroit-on mettre la main dans un guêpier quand il n'y a rien à gagner?

— Mais si ces contrebandiers viennent visiter votre grange, il me semble qu'ils ne peuvent trouver mauvais que vous leur rendiez leur visite.

— Qui vous parle de contrebandiers? Je ne dis pas qu'il s'en trouve à Ap Gauvon. A la vérité, on dit qu'il y revient des es-prits, et que pendant les clairs de lune on a vu plus d'une fois Merlin s'y promener dans les longues galeries. Et quelquefois, quand la nuit est bien obscure, on diroit que toute l'abbaye est illuminée, et l'on y

entend rire et crier à éveiller tous ceux qui
dorment dans les cimetières à six milles du
Snowdon. Mais je ne puis rester plus long-
temps à bavarder, mon maître; j'ai mes
vaches à faire rentrer, et cinquante autres
choses à faire avant la nuit.

Bertram, qui avoit alors fini son repas
frugal, paya son écot, se remit en marche,
et arriva au bout d'une heure et demie au
gibet de pierre, à l'instant où le jour
commençoit à baisser. En regardant autour
de lui pour voir s'il apercevroit quelqu'un
à qui il pût demander le chemin d'Ap
Gauvon, il crut voir une figure humaine
près du gibet, et, s'en étant approché de
plus près, il vit une vieille femme assise
tout à côté. Il s'arrêta quelques minutes
pour l'examiner : tantôt elle murmuroit indistinctement quelques mots, tantôt elle
sembloit absorbée dans ses pensées ; ensuite
elle revenoit à elle et chantoit avec un ton

de gaieté sauvage et bruyante; mais on voyoit aisément qu'il n'y avoit aucune joie dans cette gaieté, car le ton d'exaltation finissoit bientôt par se changer en une expression féroce de vengeance. Tout à coup elle se taisoit; un moment après elle faisoit de grands éclats de rire, et, reprenant enfin le fil des souvenirs qui l'agitoient principalement, elle poussoit des cris de détresse ou fondoit en larmes. Bertram en vit assez pour être convaincu que cette pauvre femme avoit l'esprit égaré, et d'après quelques fragmens des chansons qu'elle chantoit il crut reconnoître en elle la vieille dont il avoit habité la chaumière après son naufrage, quoiqu'il ne pût deviner quel motif pouvoit l'avoir amenée dans ces environs. Voulant s'assurer s'il ne se trompoit pas, il s'avança vers elle et lui adressa la parole.

— Bonjour, bonne mère. La soirée est

bien froide pour qu'une femme de votre âge reste ainsi assise en plein air.

— Oui, Monsieur, lui répondit-elle, sans montrer aucune surprise de se trouver ainsi interrompue, la soirée est très-froide ; mais j'attends un jeune homme qui devoit se trouver ici.

Bertram vit qu'il ne s'étoit pas trompé dans ses conjectures, car il restoit encore assez de clarté pour qu'il pût reconnoître sa vieille et mystérieuse hôtesse. Mais avant qu'il eût le temps de lui parler une seconde fois, elle parut avoir oublié que quelqu'un fût présent, et elle se remit à chanter à demi-voix.

> C'est en ces lieux qu'ils ont pendu
> L'objet de ma tendresse.
> C'est ici que je l'ai perdu,
> Je le pleure sans cesse.

— Ne disiez-vous pas que vous attendiez

ici un jeune homme ? lui demanda Bertram.

— Oui, Monsieur, un jeune homme,
répondit-elle, et, se couvrant le visage de
son tablier comme si elle eût été honteuse,
elle ajouta : — Mon amoureux, Monsieur.
Mais au même instant, et comme si elle
fût revenue à elle, elle s'écria : — Non, non !
je vous dirai toute la vérité. C'étoit mon
fils, mon fils chéri, mon idole ! Ils
l'ont pris, Monsieur ; ils l'ont pendu ici ;
et, pourrez-vous bien me croire ? ils n'ont
pas voulu permettre à sa vieille mère de
l'embrasser avant sa mort ! Eh bien,
eh bien, vivons en paix et tranquillement.
Chacun aura ce qui lui revient à la fin.
Il y en a encore plus d'un de nous qui
ne mourra pas dans son lit. Mais ne
dites à personne que je vous l'ai dit.

—Ma bonne hôtesse, pouvez-vous m'indiquer le chemin d'Ap Gauvon ?

— Ap Gauvon, dites-vous ? oui, oui :
c'est là qu'il y en a un d'eux : mais il ne
mourra pas dans son lit, soyez-en bien sûr.
Mais ne vous en inquiétez pas : j'ai arrangé
tout cela, et Edouard Nicolas sera pendu
sur ce gibet, ou je ne me nomme pas Gillie
Godber.

—Mais, ma bonne Gillie, ne me recon-
noissez-vous pas ? ne vous souvenez-vous
pas que j'ai passé deux nuits dans votre
chaumière ? Je me rends maintenant à
l'abbaye de Griffith Ap Gauvon, où j'espère trouver quelqu'un à qui je pourrai
peut-être rendre quelque service.

— Quelque service ! non, non ; ne le
croyez pas. Il n'y a personne qui puisse
rendre service à Edouard Nicolas. Il faut
qu'il soit pendu, vous dis-je, et personne
ne peut le sauver. Je l'ai entendu jurer.
Vous direz que je ne suis qu'une vieille

femme bien foible, mais vous ne savez pas
quelle voix j'ai. Toute tremblante qu'elle
est, quand elle prononce une malédiction,
on peut l'entendre depuis Anglesea jusqu'à
Walladmor. Le bruit de toutes les vagues
de la mer ne peut la couvrir.

— Mais pourquoi faut-il qu'Edouard
Nicolas soit pendu ?

— Ah ! vous êtes rusé, Monsieur !
vous voudriez savoir mon secret, n'est-ce
pas ? Je parierois que vous êtes un
homme de loi. Mais un moment, je
vais vous dire pourquoi il faut qu'il soit
pendu.

Elle leva ses bras décharnés vers le ciel,
où les étoiles commençoient à se montrer
dans le crépuscule, et, allongeant un doigt
vers une constellation qui brilloit plus que
les autres, elle ajouta :

— Il y a eu un vœu fait à sa naissance ;

ce vœu est écrit dans les astres, et il n'y a pas une lettre dans ce livre qu'on puisse en effacer. Je puis lire tout ce qui y est écrit. Pensez-vous qu'on ne puisse pendre les enfans de personne, à l'exception des miens ?

— Et qui donc a fait pendre votre fils, mistress Godber ?

— Qui voulez-vous que ce soit, si ce n'est le vieux maître de Walladmor ? Il sait à présent ce que c'est que d'avoir le cœur déchiré ! Le vieux aigle, il m'a arraché mon agneau ; mais, un mot à l'oreille, Monsieur l'homme de loi, j'ai grimpé jusqu'à son aire, quelque haut qu'il l'ait perché sur le rocher, j'y ai grimpé ! j'y ai grimpé !

Ici, elle battit des mains et prit un air de satisfaction sauvage, mais un moment après elle poussa un profond gémisse-

4*

ment, se rassit, et, se couvrant le visage
des deux mains, elle se mit à pleurer amè-
rement. Cependant ses larmes se tarirent
bientôt, et elle resta comme livrée à de
profondes réflexions, sans paroître songer
davantage à Bertram.

Il essaya encore une fois d'attirer son
attention en lui demandant le chemin
d'Ap Gauvon. Le son de sa voix la tira
effectivement de sa rêverie, mais sans produire d'autre effet sur elle que de lui faire
exprimer tout haut les pensées qui l'occupoient.

— Oui, oui, mon vieux Monsieur, je
connois la prédiction :

Lorsque les hommes noirs assiégeront la porte,
Il faut de Walladmor que l'affliction sorte.

— Il y a long-temps que je l'ai entendue,
j'en conviens ; mais elle ne s'accomplira ja-

mais, non, jamais. L'affliction ne sortira
jamais de Walladmor ; et tous les hommes
noirs du monde n'y sauroient rien faire.

— Mais enfin, mistress Gillie Godber,
ne consentirez-vous pas à venir avec moi
à Griffith Ap Gauvon ?

Les mots Ap Gauvon la firent tressaillir ;
elle se leva précipitamment, sans prononcer une seule parole, serra ses vêtemens autour d'elle, et, comme si elle eût été frappée
de quelque souvenir soudain, elle partit
d'un pas si rapide que Bertram avoit peine
à la suivre. Il résolut pourtant de ne pas
la quitter, car il remarqua que sa marche,
ou pour mieux dire sa course, se dirigeoit
vers des montagnes très-élevées qui domi-
noient sur la vallée dans laquelle ils étoient,
et qu'il regardoit comme la principale chaîne
du Snowdon, qu'il avoit côtoyée depuis
qu'il avoit quitté le prétendu cortége fu-

nèbre du capitaine Le Harnois; or il savoit qu'Ap Gauvon n'en étoit pas éloigné.

Pendant quelque temps, sa vieille compagne continua à marcher du même pas ; mais ils arrivèrent bientôt dans un marécage coupé par une multitude de petites tourbières, et elle fut obligée de ralentir sa marche : cependant elle se dirigeoit dans ce labyrinthe avec une promptitude qui prouvoit qu'elle connoissoit parfaitement le terrain. Lorsqu'ils l'eurent traversé, et qu'ils se trouvèrent dans un meilleur chemin, elle reprit son premier pas ; mais de temps en temps, et comme par un soudain caprice, elle s'avançoit lentement, et marchoit avec précaution et sur la pointe des pieds, en ayant l'air d'écouter, comme si elle avoit voulu surprendre quelqu'un, ou qu'elle eût craint d'être surprise elle-même.

Elle ne parla qu'une seule fois, et ce

fut lorsque Bertram lui demanda s'il seroit
en sûreté à l'abbaye d'Ap Gauvon. — Oh,
oui ! lui répondit-elle ; Edouard Nicolas
est un agneau, quand il n'est pas provo-
qué ; mais cela n'empêche pas qu'il n'ait la
main rouge, parce qu'elle est ensanglan-
tée. Après cela elle ne répondit plus à
aucune de ses questions. Tantôt elle chantoit ; tantôt elle murmuroit quelques mots
qu'elle avoit l'air de s'adresser à elle-même ;
le plus souvent elle gardoit un morne
silence.

Ils firent ainsi environ un mille et demi.
Tout à coup Bertram n'aperçut plus son
guide ; et, regardant autour de lui, il en-
trevit à quelque distance, dans les ténèbres,
une espèce d'ombre qui murmuroit, d'un
ton plaintif, quelques sons indistincts. Il
se trouva fort embarrassé en se voyant
ainsi abandonné à lui-même ; mais il sortit d'inquiétude en distinguant très-près de

lui un groupe de tours et de tourelles qu'il n'avoit pas remarquées jusqu'alors, parce qu'elles se confondoient avec les rochers qui les entouroient.

Ayant fait quelques pas en avant, il aperçut une clarté qui lui parut sortir du soupirail d'une cave. Il chercha à s'en approcher, afin de reconnoître quels pouvoient être les habitans de cette demeure solitaire; et ce ne fut pas sans peine qu'il se fraya un chemin à travers des monceaux de ruines et des buissons d'épines. Il y arriva pourtant, et reconnut que ce qu'il avoit pris pour un soupirail étoit une grande croisée, mais dont la partie supérieure, au moyen de l'accumulation d'une immense quantité de débris de toute espèce, étoit de niveau avec le terrain. Toutes les vitres en étoient cassées, mais il ne put apercevoir qu'une petite partie d'un plancher en dalles de pierres, qui étoit à une grande profondeur au-dessous de lui. La vive lumière que jetoit un grand feu lui fit voir les ombres de diverses figures humaines qui alloient et venoient; et de temps en temps il entendoit le bruit de tonneaux et de barils qu'on rouloit.

Déterminé à mieux voir ce qu'étoit ce souterrain et ce qui s'y passoit, il s'étendit par terre, et se glissa sur une rampe qu'on paroissoit avoir pratiquée dans les décombres pour les empêcher de boucher entièrement la croisée, et qui laissoit un espace étroit ouvert depuis le haut jusqu'au bas de la fenêtre. Dans cette situation il eut une vue complète de cet appartement, et il reconnut, à sa grande surprise, que c'étoit une église souterraine de vaste dimension, comme on en trouve quelquefois dans les anciens monastères au-dessous de l'église principale.

Un jeune homme étoit assis devant une

table placée près du feu, et son visage
étant éclairé par une flamme brillante, il
le reconnut sur-le-champ pour l'étranger
qui avoit eu avec miss Walladmor une
entrevue mystérieuse qui lui avoit inspiré
tant d'intérêt; il crut le reconnoître
aussi pour l'inconnu dont il n'avoit vu que
le profil dans l'auberge de Machynleth,
et pour le chef qui venoit de commander
l'attaque contre les douaniers. Autour de
lui étoient plusieurs groupes d'hommes armés, auxquels Bertram fit peu d'attention,
mais il remarqua que tous lui parloient
avec respect et lui donnoient le titre de capitaine. Il leur répondoit avec un air de
bonté familière qui sembloit désavouer
l'autorité et la supériorité que chacun étoit
disposé à lui accorder.

Curieux de voir et d'entendre quelque
chose de plus, avant de se hasarder à
joindre une pareille compagnie, Bertram

chercha à prendre une position plus favorable que celle qu'il occupoit; mais, en l'es-
sayant, il pensa rouler sur la fenêtre. Un
bloc de pierre le retint heureusement,
mais il causa un éboulement de terre qui
tomba dans le souterrain.

— Des rats ! des rats ! s'écrièrent à l'instant une trentaine de voix. Capitaine Nicolas, ferons-nous feu ?

— Un moment ! répondit Nicolas ; et,
prenant une torche de bois de sapin, il
monta sur une échelle placée près de la
fenêtre, et s'approcha de l'endroit où Bertram étoit caché.

— Sur ma parole ! s'écria-t-il, c'est mon
jeune ami, l'amateur du pittoresque. Je
proteste que ce n'étoit pas par la fenêtre
que je l'attendois. Allons ! que quelqu'un
vienne ici pour l'aider à descendre !

On plaça une seconde échelle ; deux

II.                                     5

hommes y montèrent, dégagèrent Bertram des gravois sur lesquels il étoit à demi
enterré, et il descendit dans le souterrain.
La compagnie dans laquelle il se trouvoit
ne lui inspiroit pas une grande confiance,
et cependant il ne fut pas fâché de se voir
assis près d'un bon feu , au lieu d'être exposé à l'air glacial de la nuit.

~~~~~~~~~~~~~~~~~~~~~~~~~~~~~~~~~~~~~~~~~~~~~~~~~~~~~~~~~~

# CHAPITRE IV.

« On l'a bien dit : Bon sang ne peut mentir.
Un feu trop vif peut le faire bouillir ;
Il peut croupir dans une indigne fange ,
Etre infecté par quelque impur mélange ;
Mais cependant , à quelque heureux effort,
On reconnoit la source dont il sort. »

SPENCER.

LORSQUE Bertram fut entré dans le souterrain, le chef renvoya tous ses gens, à
l'exception d'un seul, qu'il chargea de
placer sur la table du vin et des rafraîchissemens.

— Maintenant, Valentin, lui dit-il, quand

cet ordre eut été exécuté, vous pouvez retourner chez vous, car je crois que vous
avez une femme grondeuse et jalouse; et,
soit dit en passant, si elle désire un certi-
ficat constatant que vous lui avez été fidèle
pendant votre absence, donnez-moi un
crayon, et je vous en délivrerai un vo-
lontiers.

— Ah! capitaine Nicolas! répondit Valentin, vous êtes toujours le même, toujours
prêt à plaisanter, quelque voisin que puisse
être le danger.

— Le danger? Quel danger?

— Ma foi! pour dire la vérité, je n'aime
guère cette vieille femme d'Anglesea.

— Quoi! Gillie Godber?

— Elle-même; elle parle quelquefois
d'une manière fort étrange, et toutes les
fois qu'on prononce votre nom, elle prend

une maudite figure de Judas, et tout ce qu'elle dit alors.... Je ne saurois vous dire tout ce qu'elle dit, mais j'ai dans l'idée qu'elle ne vous veut pas de bien.

— Hum! je l'ai pensé moi-même quelquefois. Cependant c'est peut-être une injustice, car il y a des momens où elle me témoigne autant d'affection que si elle étoit ma mère. Dans tous les cas, je ne puis me passer d'elle, tant que j'aurai des affaires au château de Walladmor. Vous savez que son fils y demeure, et sans elle je manquerois souvent de moyens de communication avec lui.

— Et avez-vous chargé Gillie d'aller ce matin au château de Walladmor?

— Oui ; elle a dû y aller de bonne heure dans la matinée.

— En ce cas, je n'ai plus aucun doute.

C'est elle qui a donné à sir Morgan les renseignemens qu'on dit qu'il a reçus relativement à l'enterrement. Et je voudrois être sûr que nous n'ayons rien de pire à craindre ; car j'ai entendu dire aujourd'hui que sir Morgan est informé de votre retour. Black Will, qui vient d'arriver, a vu un exprès partir de Walladmor pour Carnarvon ; et Jack Wasp, qui étoit encore à midi à Machynleth, dit que l'alderman Gravesand fait sortir de leur chenil tous ses bouledogues (1).

— Eh bien, je ne crois pas qu'ils réussissent à me prendre cette nuit ; et, comme la lune ne tardera pas à se lever, je vous engage à partir pour Aberkilvie. Je vous souhaite un beau clair de lune, Valentin, et n'oubliez pas de faire mes complimens à votre femme.

_____

(1) C'est-à-dire les officiers de justice.

— Ah ! capitaine , je voudrois que la nuit fût bien obscure , car j'ai de fâcheux pressentimens ; et si vous ne prenez mieux garde à vous , il arrivera quelque malheur. Quoi qu'il en soit, je n'irai pas à Aberkilvie, et si j'entends un coup de pistolet , j'arriverai avec deux compagnons.

Valentin se retira, et Nicolas resta quelques minutes enfoncé dans une espèce de rêverie. Il en sortit enfin , et s'adressa à Bertram avec un air de gaieté.

—Eh bien, mon jeune ami, comment vous trouvez-vous du pays de Galles ? Il paroît que ce que je vous ai dit d'Ap Gauvon vous a déterminé à y venir.

— C'est donc vous qui m'avez servi de guide lorsque je me rendois à Machynleth ? Je commençois à le soupçonner. Je n'ai pas besoin de vous demander qui m'a fait remettre ce billet ce matin ; car mes yeux m'assurent que je vois en vous le chef qui a donné le signal du combat, et celui qui conduisoit les obsèques.

— Et j'espère que vous trouverez que j'ai joué passablement ces deux rôles ?

— Admirablement, je dois en convenir, pour vous rendre justice. Mais vous m'excuserez si je vous dis que, malgré tout le naturel que vous y avez mis, je doute que votre cœur portât sincèrement le deuil du capitaine Le Harnois.

— Vous me surprenez, dit Nicolas en souriant. Quoi! vous doutez de la sincérité de mon chagrin pour la mort du capitaine ?

— Mes doutes vont même un peu plus loin, car je doute que l'objet de ce cortége funèbre fût de donner la sépulture au capitaine Le Harnois, quoiqu'il fût si nombreux que je ne conçois pas comment vous

avez pu le rassembler. Me donnerez-vous
votre parole d'honneur que vous avez déposé le corps du capitaine sous une voûte
sépulcrale ?

— Vous avez un discernement merveilleux, répondit Nicolas, en éclatant de
rire. Eh bien, je vous déclare sur mon honneur non-seulement que le corps que nous
escortions a été déposé sous une voûte sépulcrale à Utragan, mais que les membres en ont été dispersés ensuite dans tout
le pays, et jamais reliques d'un saint, en
quelque lieu que ce soit de la chrétienté,
n'auroient pu être reçues avec plus de plaisir et de respect. Quant aux causes qui ont
réuni une si grande foule, il en est plusieurs
qui y ont contribué ; et, si vous en venez
là, mon jeune ami, je vous demanderai
d'abord : Comment se fait-il que vous vous
y soyez trouvé ? J'ai formé des plans pour
lesquels la prudence exige que je renou-
velle mes liaisons avec d'anciens amis aussi

braves que vigoureux, tant marins qu'habitans de ces côtes : ils faisoient partie du cortége. D'autres y sont venus, à ce que je suppose, par envie de boire gratis quelques verres d'eau-de-vie. Et vous, si je ne vous insulte pas en faisant cette supposition, vous vous y êtes rendu pour reconnoître le pays, avant de commencer vos opérations : car le plus vieux renard est en défaut dans un canton auquel il est étranger.

— Je vois que vous persistez encore à me regarder comme un aventurier. Croyez-vous que tout le monde me jugeroit aussi sévèrement ?

— Oui, et peut-être plus sévèrement encore. Il faut que vous sachiez, M. Bertram, qu'à la première vue j'ai lu sur votre physionomie quelle est votre profession, et quelle doit être votre destinée en cette vie.

— Et lequel de mes malheureux traits
rend un témoignage si fâcheux contre moi?

— Vous avez raison de les appeler malheureux, répondit Nicolas, avec un sourire amer, car ils ressemblent aux miens.
J'ai cru quelquefois aux augures et aux
présages; en un mot, je suis superstitieux,
comme le sont tous ceux qui ont passé sur
la mer une partie de leur vie, et qui ont
confié à ses vagues leur vie et tout ce qu'ils
possédoient. Je vais peut-être vous mortifier, mon jeune ami; mais, regardez-
moi bien, et vous serez forcé d'avouer que,
quoique le grand air, le soleil, les passions
et les souffrances aient basané ma peau, et
donné à mes traits un caractère de dureté,
cependant mon visage, examiné en détail,
a beaucoup de ressemblance avec votre physionomie féminine, avec son teint blanc
et ses beaux cheveux bouclés. Quand je
pense au portrait inanimé qu'un fainéant

d'artiste fit de moi lorsque j'avois seize ans,
je suis convaincu qu'on auroit pu jurer que
c'étoit le vôtre. Or des traits semblables
doivent annoncer un même esprit, un
même caractère, de mêmes dispositions.
La première fois que je vous examinai
avec attention fut le soir où vous vîntes
à terre en quittant le brick de Jackson.
Vous étiez enfoncé dans une profonde rêverie, et vous ne pensiez guère à moi, ou
si vous y pensiez, vous vous imaginiez que
j'étois endormi. Ce fut alors que je reconnus mes yeux dans les vôtres. Je lus sur
votre front l'histoire de toutes les tempêtes
qui ont tourmenté votre petite barque pendant une vie agitée. Je reconnus que vos
plans étoient vastes et hardis ; que la paix
n'habitoit pas dans votre cœur ; que vous
marchiez d'un pas incertain vers le but auquel vous tendez; que vous avez formé de
fortes résolutions, mais sans beaucoup d'espérance.

—Et qui vous a appris l'art de lire dans le cœur des autres? Je ne croyois pas que vous eussiez reçu assez d'éducation pour....

—De l'éducation! répéta Nicolas avec un sourire dédaigneux. Oh! oui, j'ai reçu quelque éducation. Oh! sans doute, l'éducation est une belle chose; elle apprend à ne pas se jeter au milieu des gens couverts du vernis de la bonne société, comme un animal qui n'a été dressé que par la nature, à ne pas choquer les bons et pieux agneaux par des manières grossières et des expressions effrayantes. Oh! oui, l'éducation est d'un prix merveilleux. L'homme livré à toutes ses passions, ayant le caractère d'un scélérat, peut se couvrir de ce voile, comme le loup de la peau du mouton, et se voir bien accueilli par ces êtres parfaits que la fortune a fait naître, non dans une hutte enfumée, mais sous des lambris dorés. Et moi aussi, j'ai dérobé

quelques lambeaux d'éducation parmi une
troupe de comédiens ; et si mes habitudes
grossières percent quelquefois , ce n'est pas
moi qu'il faut en accuser , ce sont les dignes
mendians qui ont jugé à propos de me
voler dans mon enfance. Il y a des momens , Bertram , où j'ai des désirs , des
désirs aussi vifs que ceux d'une femme en-
ceinte , de pouvoir converser avec des hommes doués de facultés plus élevées , des
hommes que je pourrois comprendre , des
hommes qui pourroient me répondre , qui
le voudroient du moins , et qui ne se dé-
tourneroient pas avec mépris d'un pauvre
vagabond.

— Et c'est moi que vous avez choisi
pour camarade ?

— Comme il vous plaira , cela dépend
de vous. Mais , dans tous les cas , Bertram ,
je me réjouis d'avoir trouvé parmi mes
égaux un homme qui ne vit pas , comme

tout ce qui compose la tourbe plébéienne, pour être le jouet des circonstances et du moment ; un homme qui sait risquer sa vie, mais qui, en la risquant, en connoît la valeur ; un homme qui a des yeux pour voir, des idées pour penser, des sentimens pour... Mais un hypocrite aussi habile que vous l'êtes dans l'art de la dissimulation, ajouta Nicolas en souriant, ne peut que rire en entendant un proscrit parler de sentimens.

—Vous désirez donc trouver quelque camarade bien élevé, qui, lorsque votre conscience vous fait des reproches, puisse vous présenter vos fautes sous leur aspect le moins repoussant, ôter l'aiguillon de vos crimes, et parer de mauvaises actions du coloris de la vertu ?

Nicolas fronça les sourcils, et répondit avec force et vivacité :

— Je ne nierai jamais rien de ce que j'ai fait, non, ni en ce monde ni dans

l'autre, s'il est vrai quil en existe un autre.
Je n'ai besoin de personne pour donner
de beaux noms à mes actions, soit avant,
soit après leur exécution. Ce que je désire, c'est un ami, un ami à qui je
puisse confier mes plus secrètes pensées,
sans m'agenouiller comme devant un prê-
tre, sans avoir à lui répondre comme
à un juge; un ami qui se laisse emporter
comme moi par l'ouragan de la vie, jusqu'à ce que nous soyons tous deux dans le
calme du tombeau; ou, si je ne puis en trouver un semblable, un ami qui, sans vouloir s'abaisser à mon niveau, permette à
un malheureux proscrit et criminel de s'ap-
puyer sur son bras, et de reposer quelquefois sa tête fatiguée sur un cœur animé par
des sentimens humains.

Bertram le regarda avec un air d'étonnement. Nicolas s'en aperçut, et lui dit en
souriant :

— Vous êtes surpris de mon pathos ?
Mais vous devez vous rappeler que je vous
ai dit que j'ai fait partie autrefois d'une
troupe de comédiens.

— Parlez-moi franchement. Que dési-
rez-vous de moi ?

— Le voici : Voulez-vous courir avec
moi les chances du hasard, et tenter fortune dans ce pays ? ou préférez-vous suivre vos projets séparément, et en ce cas
me permettrez-vous quelquefois, quand
mon cœur sera appesanti par les passions,
par la solitude, par des angoisses que personne ne partage, de l'alléger en votre
société ?

—Relativement à votre première proposition, je vous déclare, une fois pour
toutes, que jamais je ne prendrai part à
aucune entreprise illégale.

— Soit ! ce mot suffit. Vous refusez de

5*

devenir un aventurier comme moi ? Je ne
vous demande pas quelle en est la raison ;
votre volonté, en pareil cas, est une loi
pour moi. Mais voulez-vous être mon ami,
dans le sens de ma seconde proposition ?

— Mais pourquoi m'avez-vous choisi
pour me la faire ? D'où vous vient une confiance en moi si illimitée ? Ne craignez-vous
pas qu'elle soit imprudente ?

Nicolas se leva, s'avança plus près de
Bertram, le regarda fixement, mais avec
un air de bonté, comme s'il avoit voulu
éveiller en lui quelques réminiscences, et
lui dit en lui pressant la main :

— Bertram, as-tu donc oublié l'infor-
tuné qui, au milieu des vagues en fureur,
te disputa le seul appui qui pouvoit sauver
tes jours, et à qui cependant, quelques
minutes après, tu consentis à le céder
pour lutter de nouveau contre la violence

des flots ? Oui , je te dois déjà beaucoup ,
et la demande que je te fais prouve que je
voudrois te devoir encore davantage.

— Est-il possible ! s'écria Bertram , ce
seroit vous ! Mais je me rappelle à présent
que de longs cheveux mouillés vous cou-
vroient le front et les yeux ; vos lèvres
étoint agitées par des convulsions , et votre
visage étoit déguisé par une longue barbe.

— Oui , c'est moi , répondit Nicolas , et
sans vous je serois maintenant dans l'esto-
mac d'un requin , ou mon cadavre seroit
étendu sur quelque rocher au fond de la
mer. Mais suivez-moi , mon jeune ami ;
on étouffe dans ce souterrain , allons respirer le bon air.

Des hiboux et d'autres oiseaux de nuit
qui avoient trouvé un asile dans ces ruines
prirent l'alarme en entendant le bruit des
pas de deux créatures humaines , et s'en-
volèrent sur le haut des tours les plus éle-

vées qui subsistoient encore. Après avoir
marché quelques minutes en silence, et
monté une vingtaine de marches dégradées
qui conduisoient hors de l'église souterraine, ils passèrent sous une arche qui avoit
autrefois servi de portail à l'église supérieure, traversèrent une espèce de cloître
qui n'offroit que des ruines, montèrent un
autre escalier, et se trouvèrent enfin en
plein air sur le haut d'un mur très-large.
Nicolas saisit le bras de Bertram avec le
geste empressé d'un homme qui veut en
arrêter subitement un autre dans un endroit dangereux, et lui faisant un signe
qui signifioit : Regardez devant vous ! Il le
conduisit sur le bord de la muraille.

La lune, sortant alors dans tout son
éclat de dessous un manteau de nuages,
éclairoit une région telle que Bertram
n'en connoissoit encore que par description. A peine osa-t-il jeter un coup d'œil

sur l'abîme ouvert presque sous ses pieds, et qui lui paroissoit n'avoir pas de fond. La muraille sur laquelle il étoit, construite en pierres énormes, sembloit la continuation d'un rocher gigantesque tellement taillé à pic, qu'on auroit pu le prendre pour la base du même mur, et qui descendoit à une profondeur immense sans que l'œil rencontrât un seul point sur lequel il pût se reposer. De l'autre côté de ce gouffre incommensurable s'élevoit, obscurcie par les ombres de la nuit, la principale chaîne du Snowdon, dont la base étoit peut-être couverte d'épaisses forêts, mais dont les sommets et les flancs ne montroient qu'une aridité stérile.

La grandeur de ce spectacle lui causant presque des vertiges, Bertram en détourna les yeux; mais, en les portant de l'autre côté, il aperçut une nouvelle scène, sinon plus grande, du moins plus frappante. Du

lieu élevé où il se trouvoit, il dominoit sur
toutes les ruines de ce vaste monastère, dont
les points les plus hauts, argentés par la clarté
de la lune, sembloient s'élancer au-dessus
de la nuit et du chaos, des ravins, des abîmes et des pics, formant les dépendances du
Snowdon. A ces traits immobiles d'une scène
si frappante se joignoit un effet passager qui
la rendoit plus imposante encore, l'heure
à laquelle Bertram la considéroit. Il étoit
minuit; un silence profond régnoit par-
tout; pas un seul souffle d'air ne se faisoit
ni sentir ni entendre; et il lui sembloit être
au milieu d'une région enchantée, dont
l'œil ébloui ne pouvoit saisir que les traits
généraux, sans avoir la faculté d'en distinguer les détails, et d'en lier entre eux les
points séparés.

Tout ce qu'on pouvoit conclure des murailles qu'on voyoit dans le voisinage im-
médiat, et de celles qu'on apercevoit dans

le lointain, c'étoit que les tours et les bâtimens de l'abbaye s'élevoient pour la plupart sur les pics les plus escarpés des
rochers. Les constructions qui avoient
cette fondation solide étoient les seules qui
eussent résisté aux efforts du temps; les
murailles qui les avoient unies les unes
aux autres, n'ayant pas une base aussi
ferme, s'étoient écroulées depuis long-
temps. Au-dessus de tout ce qui restoit de
l'église et des tourelles s'élevoit majestueu-
sement la principale tour, magnifiquement
éclairée par la lune. Placée sur un rocher
solitaire qui sortoit du sein d'un abîme,
elle s'élevoit avec une hardiesse qui sembloit prouver que l'homme avoit défié la
nature, et que sa main avoit triomphé des
obstacles qu'elle lui avoit opposés. On ne
voyoit plus que les débris des murs qui
l'avoient unie aux restes de ce vaste édifice,
de sorte qu'il paroissoit maintenant impossible d'y arriver.

Au-delà de cette tour gothique on voyoit
d'autres ruines couvrant le sommet de différens rochers; et en divers endroits deux
énormes piliers, s'élevant sur deux pics
séparés par un précipice, se rapprochoient
insensiblement l'un de l'autre de manière
à former une arche immense; mais les
pierres énormes qui en étoient la clef n'exis-
toient plus, et ces colonnes sembloient
deux amans que la nature et une incli-
nation réciproque portoient à s'unir, mais
qu'un destin inexorable avoit séparés pour
toujours (1). Ebloui par un tel spectacle,
Bertram erma un instant les yeux, et quand
il les rouvrit, son guide lui dit d'une voix
calme et tranquille, mais où l'on reconnois-
soit un accent de satisfaction et de triomphe:

— Voilà Griffith Ap Gauvon, dont je
vous parlois il n'y a pas long-temps.

Bertram sentit qu'aucune parole ne

_____

(1) Imitation de *Christabelle.*

pourroit exprimer la force de ses émotions ;
le langage n'auroit fait que violer la solen-
nité des pensées qui attachoient ses regards
sur la scène qui s'offroit à lui. Il garda
donc le silence, et, quelques instans après,
son compagnon continua :

— C'est ici, Bertram, c'est sur le bord
de cet abîme sans fond, que je viens souvent considérer ce spectacle calme et imposant. Ce n'est qu'alors qu'il me semble
que je n'ai pas besoin d'ami ; comme si la
nature, cette mère commune et puissante,
en étoit un qui pût suffire à tous mes désirs, un ami plus sage et plus sûr que tous
ceux que peut offrir ce monde de men-
songe. Mais avançons un peu plus loin.

Il le conduisit environ cent pas plus
avant, en suivant la même muraille, qui,
se rétrécissant graduellement, n'avoit en
cet endroit qu'environ trois pieds de lar-

II                                        6

geur. D'un côté, elle bordoit le précipice dont nous avons déjà parlé; de l'autre, elle donnoit sur une cour intérieure; mais les bâtimens qui y avoient été appuyés, et qui s'élevoient à la hauteur de trois étages, s'étoient écroulés, de sorte qu'elle étoit maintenant complétement isolée entre deux abîmes. Elle ne touchoit qu'à un autre mur qui la joignoit à angle droit, et qui conduisoit à une petite tour. Ils s'avancèrent sur ce nouveau mur jusqu'à un endroit où il étoit tombé en ruines; et, s'étant arrêtés, ils virent sur leur droite, à environ cinquante pieds d'eux, la grande tour dont nous avons déjà parlé. La situation et l'immense quantité des ruines que voyoit Bertram sembloient prouver que ces deux points avoient été autrefois joints ensemble; mais ils étoient alors séparés par un gouffre aussi profond que celui qu'il avoit vu de l'autre côté.

— Nous ne pouvons aller plus loin, lui

dit Nicolas. Bien souvent ici j'ai réfléchi si je ne devois pas faire un saut en avant, et me délivrer ainsi de toute inquiétude sur les pas que je puis avoir encore à faire sur la terre.

— Mais le pouvoir et la grandeur de la nature vous ont arrêté et vous ont sauvé, dit Bertram.

— Vous avez raison; jetez les yeux sur l'abîme ouvert devant nous. Au fond, sur des cailloux, au milieu des ruines couvertes de mousse, coule un petit ruisseau, qui est en ce moment éclairé par la lune. Mais j'entends un bruit qui en trouble les eaux : je vois certainement quelque chose qui saute par-dessus. Oh, non! c'est une erreur de la vue. Combien de fois, quand j'étois ici à méditer, et que je cherchois à comprendre quel motif m'empêchoit de me précipiter dans ce gouffre, un rayon de

lumière dorée, produite par la lune, partoit de la surface de ce ruisseau, ruisseau
sur les bords duquel je me suis promené si
souvent dans des jours plus heureux, arri-
voit jusqu'à mes yeux; et alors je me reti-
rois en silence, comme si j'eusse été hon-
teux de mes projets.

— Nicolas, croyez-vous en Dieu?

— Voulez-vous savoir la vérité? J'ai appris depuis peu à y croire.

— Par quel heureux hasard?

— Heureux! répondit Nicolas en souriant avec amertume. Ligué avec des
hommes hardis et intrépides, pour débar-
rasser le monde d'une nichée de vipères,
j'avois attendu bien des mois l'instant où
ces monstres se réuniroient ensemble, pour
les exterminer d'un seul coup. Nous fai-
sions tous les jours des prières, si vous

nommez cela des prières, pour que ce moment arrivât. Des mois s'écoulèrent ; nous attendions encore, et nous commencions à désespérer. Enfin un jour, à midi, un de nos amis vint nous trouver, et s'écria : — Gloire et triomphe! Tous les ministres du roi se rassemblent ce soir chez lord Harrowby ! A ces mots, plusieurs des conspirateurs tombèrent à genoux ; d'autres joignirent les mains, ce qui n'étoit pas pour eux un geste habituel. Je ne pus les imiter; j'étendis les bras, et je m'écriai : - Il y a une Providence !

— Épouvantable !

— Dispensez-moi de votre morale, et épargnez-moi cet air d'horreur. Nous savons que la Providence en a décidé autrement. Les honorables personnages que nous voulions abattre sont couverts d'honneurs et vivent dans la prospérité, tandis que mes amis ont péri sur l'échafaud.

— Votre foi en la Providence ayant cette origine, je présume qu'elle est maintenant......

— Inébranlable. Mon poignard vouloit atteindre lord Londonderry, et, quoiqu'il y ait échappé, je ne sais pourquoi une sorte de malédiction en semble attachée à la lame, et quiconque j'ai une fois dévoué avec une détermination bien positive ne peut jamais finir ses jours par une mort non sanglante.

— Ainsi donc, dit Bertram en frémissant, c'est un des conspirateurs de Cato-street, que j'ai sauvé de la mort.

— Si vous vous en repentez, précipitez-le du haut de cette muraille.

— Mais qui a pu vous entraîner parmi des monstres si atroces ? Vous n'aviez pas en ce cas un négociant d'Amsterdam faisant briller à vos yeux une bourse pleine d'or. Quel fruit pouviez-vous recueillir du meurtre des ministres anglais ?

— Un pas conduit à un autre. La rage et la licence du peuple ne peuvent s'arrêter qu'après s'être épuisées sur les cendres fumantes des anciens palais ; quand l'échafaud est dressé d'un côté , et que la tombe est ouverte de l'autre ; quand le sang ruisselle dans les rues, c'est alors qu'on peut apprécier le mérite d'un homme, c'est alors qu'on le juge, non par son bavardage qu'il appelle éloquence , non par sa mémoire qu'il appelle des connoissances, mais par ses actions. C'est le moment d'épreuve de la tête et du bras.

— Et qu'auriez-vous gagné à devenir le chef d'une populace en fureur ?

— Ce que j'aurois gagné ? je n'y ai jamais songé. Je laisse cette sorte de consi-

dération aux savans, aux ministres, aux
autres personnages de ce calibre. Mon rôle
est de résoudre et d'exécuter dans les momens de crise.

—Ainsi donc vous n'étiez poussé que par
le génie de la d struction. Je vous aurois à
peine cru assez de misanthropie pour cela.

— Donnez-y le nom de folie, de fré-
nésie, de tout ce qu'il vous plaira. Mais
quelque chose de plus élevé se présentoit à
moi sur l'arrière-plan. Quel beau tableau
m'offroit mon imagination, en me repré-
sentant tous ces hommes superbes, ces
dominateurs de la Grande-Bretagne, mor-
dant la poussière comme le malheureux
qu'ils envoient à l'échafaud pour avoir
dérobé quelques shillings! Voilà l'attrait
qui me séduisoit, et j'aurois eu du plaisir à
en immoler quelqu'un. La palme auroit
alors appartenu au mérite.

— Au mérite ! Quelle espèce de mérite !

— Croyez-vous qu'un chien de chasse
n'en ait pas ? s'écria Nicolas, dont les
yeux lançoient des éclairs. Il peut en ac-
quérir, étant bien dressé. Ciel et terre !
celui qui a de la moelle dans les os , du
sang dans les veines, une volonté inex-
pugnable , peut naître une seconde fois et
commencer une autre vie. Je vous le dis,
Bertram ; je vous le dis très-sérieusement,
une passion effrénée m'a réduit au déses-
poir, m'a dérangé l'esprit. Voyez ! voici
un mouchoir qui lui a appartenu. Pour elle
je maudis mon ancienne vie ; pour elle je
voudrois en ensevelir la mémoire sous les
profondeurs de l'Océan ! Que toutes ses
eaux ne peuvent-elles purifier cette main !
Que ne puis-je sortir du sein de ses flots
aussi pur , aussi innocent, que lorsque je
suis sorti de celui de ma mère ! Je me sou-

viens que par une nuit épouvantable......
Écoutez ! n'entendez-vous point parler là-
bas ? Une nuit épouvantable , vous disois-
je..... Bien certainement , j'entends marcher. Silence !

Nicolas se débarrassa à la hâte d'un
grand manteau qu'il avoit sur les épaules ,
le roula en paquet et le mit sur son bras.
Retroussant ensuite les pans de son habit ,
il resta quelques instans la tête et le corps
penchés en avant , tandis que ses regards
sembloient vouloir percer à travers l'obscurité et les ruines qui les arrêtoient;semblable
à un cerf qui , les oreilles dressées et un
pied levé , regarde le taillis d'où il a entendu sortir un bruit qui l'effarouche, Bertram jeta aussi les yeux le long des murs ,
aussi loin qu'il le put, et remarqua que ,
si l'on venoit les attaquer en cet endroit ,
il leur seroit impossible de s'échapper ,
parce que leurs ennemis arriveroient néces-

sairement du côté qui leur offroit seul des moyens de retraite.

— Je crois que je me suis trompé, dit Nicolas, commençant à respirer, à l'instant où Bertram crut voir comme des ombres passer sous l'arche qu'ils avoient traversée avant de monter sur les murailles. Il alloit faire part à son compagnon de ce qu'il venoit d'observer, quand on entendit un coup de feu. Au même instant, Nicolas jeta son manteau dans le précipice, et sans dire un seul mot, courut avec une vitesse et une agilité sans égale, en se dirigeant vers l'arche d'où l'on voyoit alors distinctement sortir des hommes armés qui étoient sur le point de monter sur les murailles.

Bertram s'attendoit à voir une lutte, car Nicolas couroit précisément en face du danger. Mais au milieu de sa course,

il s'arrêta tout à coup, et sautant avec la
légèreté d'un chamois sur un autre mur,
moins élevé de sept à huit pieds, qui
traversoit la cour, et qui alloit rejoindre
le mur extérieur de l'abbaye, il courut
rapidement sur ce sentier étroit, malgré
les pierres qui se détachoient à chaque instant sous ses pieds. Bertram s'attendoit à
tout moment à le voir tomber et se briser
les membres. Mais le danger que couroit
Nicolas venoit d'un autre côté. Il paroît
que ceux qui le poursuivoient avoient prévu
l'agilité et l'intrépidité de celui dont ils
vouloient s'emparer, et trois autres hommes étoient déjà placés sur le mur extérieur pour l'attendre. La seule alternative
qui parût rester à Nicolas étoit de se
rendre, ou de se jeter en bas de la muraille, ce qui eût été se vouer à la mort. Il
ne prit aucun de ces deux partis. Il continua à s'avancer en courant vers ses ennemis, et quand il fut à peu de distance, il

tira deux pistolets de sa ceinture et fit feu
sur eux des deux mains. Aucun d'eux ne
fut blessé, mais un mouvement subit de
surprise et de crainte les fit reculer quelques pas, et Bertram vit au même instant
Nicolas disparoître, sans pouvoir dire s'il
avoit sauté du haut du mur extérieur, ou
s'il y avoit trouvé quelques moyens qu'il
connoissoit pour faciliter sa descente. Un
moment après, il crut entendre un bruit
sourd, qui sembloit produit par un homme
se glissant entre des broussailles, et tout
rentra dans le silence.

— En voilà un qui a rompu les mailles
du filet, dit un constable; mais son camarade est encore là, et si c'est celui que
nous cherchons, que l'autre devienne ce
qu'il voudra.

Il s'avança avec ses deux compagnons
vers Bertram, dont l'autre troupe s'approchoit aussi de l'autre côté. Bertram n'avoit

pas le désir de leur échapper ; et quand il
l'auroit eu, il n'en avoit pas le pouvoir. Il
prit un air calme et tranquille, et se rendit
sans aucune résistance. Le chef du détachement appela un Irlandais, lui dit de
bien examiner les traits du prisonnier, et
celui-ci, approchant de la figure de Bertram une torche allumée, déclara solen-
nellement que c'étoit le Nicolas qu'ils
cherchoient.

∿∿∿∿∿∿∿∿∿∿∿∿∿∿∿∿∿∿∿∿∿∿∿∿∿∿∿∿∿∿∿∿∿∿∿∿∿

# CHAPITRE V.

« La nuit est fort obscure , et j'ai perdu mon homme,
Mais comment l'appeler ? Si l'on m'entend crier,
J'aurai plus de suivans que je n'en puis payer.
Dans quel chien d'embarras me met cette aventure! »

BEAUMONT et FLETCHER.

—ALLONS , allons , quittons ce vieux nid de moines , dit un des constables ; car j'ai dans l'idée qu'il n'y fait pas bon.

— Sans doute , Samson , répondit un autre ; qui sait s'il n'y a pas quelques garnemens de la bande de Nicolas cachés derrière ces piliers ?

— Ce n'est pas tout-à-fait à quoi je pensois, répliqua Samson ; mais Merlin, les vieux moines, avec leurs capuchons, Dieu sait combien d'autres esprits qui reviennent ici.... Tenez, je jurerois que j'en vois passer quelques-uns en ce moment au bout de ces longues galeries sombres ; ainsi partons, partons !

Cependant, d'autres objectèrent qu'après avoir passé une grande partie de la nuit, exposés à l'air vif des montagnes, ils mourroient de fatigue, de froid et de soif. Il fut donc résolu qu'on feroit une halte. Deux hommes restèrent à garder le prisonnier, tandis que les autres allèrent chercher du bois, et allumèrent une espèce de feu de joie sur une grande pelouse située en face de la principale entrée de l'abbaye. Ils s'assirent ensuite tout autour, et mirent en perce un baril de vin de Bordeaux que les compagnons de Nicolas avoient oublié dans les ruines, et que les constables avoient heureusement trouvé. Le bon vin et un excellent feu disposèrent à la gaîté toute la compagnie, à l'exception du prisonnier, et tous ses gardiens sembloient se faire un point de conscience de se dédommager de leurs fatigues, et de célébrer leur triomphe en s'enivrant.

— Eh bien, mon garçon, dit Samson à Bertram, pourquoi êtes-vous si triste? J'ai été, dans ma jeunesse, aussi près de la potence que vous l'êtes maintenant; et cependant vous voyez qu'aujourd'hui je suis devenu un homme vertueux, un homme de quelque importance dans l'état.

— Vous avez raison, Samson, dit un autre, car, si l'on dit vrai, vous avez obtenu votre grâce comme vous alliez monter sur l'échelle.

— Et vous, Kilmary, la vôtre est arrivée encore plus tard, car j'ai entendu

6*

dire que vous aviez été pendu cinq minutes quand on est venu couper la corde. Cela s'est passé dans le Wicklow, Messieurs, et dans un temps de rébellion, de sorte qu'on avoit tant de besogne, que lorsqu'il s'agissoit de pendre on étoit souvent obligé d'employer des artistes qui ne connoissoient pas leur métier, et qui ne songeoient qu'à aller grand train. Mais, comme je vous le disois, mon garçon, prenez courage. Si j'étois à votre place, je me féliciterois d'être tombé en compagnie d'honnêtes gens, et je bénirois les astres de me trouver débarrassé de coquins d'amis qui m'abandonnent quand je suis dans l'embarras. Vous voyez par-là qu'on ne peut se fier à de pareils misérables, et qu'il n'y a que la vertu sur quoi on puisse compter. Oh! je pourrois vous prêcher un bon sermon, mon garçon; mais à quoi bon? Si vous êtes pendu, cela ne vous servira à rien; et si vous ne l'êtes pas, vous l'oublierez.

Malgré la situation désagréable dans laquelle Bertram se trouvoit, son attention se fixa un instant sur les traits frappans de la nouvelle scène qui s'offroit à ses yeux. A l'arrière-plan, le Snowdon, formant un vaste demi-cercle, absorboit, dans son ombre gigantesque, les montagnes de moindre hauteur dont sa base est environnée. Tous ces monts, dans l'obscurité, sembloient se confondre pour n'en former qu'un seul, et d'après la hauteur de la principale chaîne, elle ne paroissoit pas à plus d'un quart de mille de l'endroit où il étoit assis. Entre ces montagnes et l'abbaye étoit une grande plaine, éclairée d'un côté par les rayons de la lune, et couverte de l'autre par l'ombre du Snowdon. Derrière étoient les bâtimens de l'abbaye, dont on ne pouvoit apercevoir qu'une partie, éclairée par le grand feu qui brûloit sur la pelouse ; les uns n'offrant plus que des ruines, les autres subsistant encore en partie.

Quelques murs isolés conservoient encore leurs fenêtres , à travers lesquelles on voyoit briller les étoiles sur l'azur du firmament , quand il n'étoit pas momentanément couvert par les nuages qui voyageoient dans les airs. Plus loin on n'apercevoit que le faîte des tours des tourelles qui surmontoient chaque pic de rocher. Enfin le premier plan de cette belle composition étoit formé par le groupe d'hommes armés , assis ou couchés sur l'herbe autour du feu , et occupés à rire, à causer et à boire.

Bertram contemploit ce grand tableau en regrettant à demi que Merlin n'apparût pas effectivement à ses gardes , en sortant du bout d'une sombre galerie, ou du fond d'un caveau ténébreux , conduisant par la main Salvator Rosa pour le peindre ; mais son attention en fut détournée par la conversation qui avoit lieu autour de lui, et

qui, à mesure que le vin échauffoit les es-
prits, dégénéroit en altercation. Il com-
prit alors qu'on avoit offert une récompense
de cinq cents livres sterling pour l'ap-
préhension de Nicolas, et la dispute rouloit sur la distribution de cette somme.

— Comment diable, Samson ! disoit
l'un d'eux, le rang et l'ancienneté n'ont
rien à faire en pareil cas. Nous devons tous
partager également ; c'est une chose bien
entendue !

— Quelle maudite impudence ! s'écria
Samson ; et que deviendroit l'état sans
les distinctions sociales ? Il est aussi clair
qu'il fait jour en plein midi, que moi qui
suis votre chef, qui suis l'homme de génie
de la troupe, je dois avoir trois cents
livres, et vous partagerez le surplus par
égale portion entre vous.

— Quoi ! s'écria l'Irlandais, deux cents

livres pour huit hommes, tandis que vous
en auriez trois cents !

— Quant à vous, Kilmary, vous n'au‑
rez rien ! vous êtes resté en arrière, et
vous n'êtes monté sur la muraille que quand
l'affaire étoit faite.

— C'est vrai ! c'est vrai, Tête-Rousse !
s'écrièrent tous les autres, vous avez filé !
Mais Tête - Rousse fit des protestations
contre cette assertion en poussant de si
grands cris, qu'il en perdit presque la
voix.

— De bon droit, je devrois avoir moitié,
dit-il enfin, car, sans moi, vous n'auriez
jamais su que c'étoit lui.

— Vous n'aurez pas un farthing de plus
que vous ne le méritez, répondit Samson ;
et par conséquent votre part ne sera pas
grande.

Kilmary se leva brusquement, et s'écria

le poing fermé : — Puisse le grand diable
avaler.... Mais à peine avoit-il prononcé
ces mots, qu'on entendit un coup de fusil,
qui fut suivi d'un second, d'un troisième,
d'un quatrième, et une voix s'écria à peu
de distance :

— Tombez sur eux !

Samson étoit tombé, blessé d'une balle
au bras gauche, mais conservant sa présence d'esprit, il cria à l'Irlandais : — Sai-
sissez-le, Kilmary ! Saisissez le prisonnier !
Prenez-bien garde qu'il ne s'échappe !

Mais Kilmary ne songeoit qu'à s'échapper lui-même. Quelques autres le suivirent ; deux hommes plus résolus se disposèrent à exécuter les ordres du constable ;
mais ils furent si vigoureusement attaqués,
le mousquet dans les reins, que l'un tomba
dans le feu, d'où il ne se releva pas sans

brûlure, et l'autre roula sur le corps de
son chef renversé.

Au milieu du tumulte, des cris et de la
confusion, Bertram fut saisi par deux bras
vigoureux qui, avant qu'il eût le temps de
se reconnoître, l'entraînèrent dans un taillis
voisin. Là, se trouvant assez éloignés pour
que la lumière du feu ne pût les faire découvrir, ils firent halte, et coupèrent les
cordes dont le prisonnier avoit été gar-
rotté.

— Prenez haleine un moment, lui dit
un de ses conducteurs, et alors dépêchez-
vous de nous suivre avant que ces limiers
aient eu le temps de se rallier.

— Capitaine Nicolas, leur donnerons-
nous une seconde aubade? demanda une
voix qui frappa Bertram, parce qu'il crut
la reconnoître.

— Non, non, Tom, répondit Nicolas;

tenons – nous tranquilles par égard pour
notre sûreté. Nous avons parfaitement
réussi dans notre coup de main; une seconde décharge ne serviroit qu'à faire connoître de quel côté nous nous retirons.
Car il faut que nous nous retirions; un
petit oiseau m'a chanté à l'oreille qu'ils ont
une arrière-garde, et nous ne serons pas
malheureux si nous pouvons gagner notre
gîte sans nouveau danger. Le moyen le plus
sûr est de nous disperser; ainsi, adieu, mes
braves garçons; je vous remercie de vos
services. M. Bertram, je vais vous mettre
sur votre chemin.

Tous les autres disparurent comme des
ombres à travers les broussailles; et Bertram se retrouva encore une fois seul avec
Edouard Nicolas. Celui-ci le fit marcher
dans une direction contraire à celle de
l'abbaye, par des sentiers tortueux et presque impraticables, tantôt en montant, tan-

II. 7

tôt en descendant. Quelquefois ils s'en-
fonçoient dans l'épaisseur des forêts ; souvent ils en suivoient la lisière; et une ou
deux fois ils marchèrent le long des ruis-
seaux qui descendoient des montagnes. Le
pied manqua plus d'une fois à Bertram
sur un pareil terrain; et Nicolas, qui marchoit le premier, fut souvent obligé de revenir sur ses pas pour l'aider à se relever.
Ce ne fut donc pas sans plaisir que Bertram se trouva enfin sur un sentier uni qui
serpentoit entre les montagnes, où il formoit
un tel labyrinthe, qu'il falloit la sagacité
d'un Indien pour savoir de quel côté tourner. Ils entrèrent ensuite dans des avenues
taillées dans les bois étendus de Tré-Mawr;
et, comme ils s'approchoient de l'extrémité d'une de ces allées, Bertram vit devant lui une vaste plaine inculte, couverte
de bruyères, et qui ressembloit à une mer
sous les rayons de la lune, qui avoit alors
atteint sa plus grande hauteur.

— C'est ici qu'il faut que nous nous sé-
parions, dit Nicolas, quand ils furent arrivés sur la bruyère; car la route qu'il faut
que je suive seroit trop difficile pour quelqu'un qui ne connoît pas le terrain. Vous
admirez sans doute cette lune si brillante,
qui nous inonde d'un déluge de lumière;
je n'en fais pas autant, et je voudrois que
quelque poète, quelque faiseur de sonnets,
l'eût mise dans sa poche. Une nuit bien
noire auroit bien mieux favorisé notre retraite. Quoi qu'il en soit, il faut que nous
traversions cette bruyère de différens côtés :
vous aurez la route la plus facile. Voyez-vous
là-bas ce point noir? c'est un petit rocher
d'une forme remarquable. Dirigez votre
marche vers lui. Quand vous y serez arrivé, tournez à gauche; et lorsque vous
rencontrerez les tourbières, prenez à droite,
jusqu'à ce que vous arriviez à une petite
montagne. Quand vous serez sur le sommet, vous apercevrez, à environ un mille

de distance, quelques petits enclos : là
demeure Evan William. Dites-lui que vous
venez de ma part, et il vous donnera un
asile sûr jusqu'à ce que la première cha-
leur de la poursuite se passe. Dans un jour
ou deux, je vous donnerai de mes nouvelles
par Tom Godber, le jeune homme qui me
demandoit s'il falloit faire feu une seconde
fois, quand nous sommes partis d'Ap-
Gauvon.

— A propos, je crois avoir reconnu sa
voix. C'est donc le fils de la vieille Gillie
Godber d'Anglesea ?

— Précisément, et il est palefrenier au
château de Walladmor. Vous pouvez avoir
toute confiance en lui, car il est entièrement dévoué à mes intérêts. Bonsoir. Je
crois que nous aurons bientôt de la neige;
le temps nous en menace depuis vingt-
quatre heures : un froid si piquant en est
toujours l'avant-coureur, et d'après l'appa-

rence du ciel en ce moment, je crois qu'il en tombera avant que le jour paroisse. Adieu.

A ces mots, Edouard Nicolas partit à grands pas, laissant Bertram assez embarrassé sur le parti qu'il avoit à prendre. Il sentoit que la démarche la plus prudente qu'il pût faire, pour établir son innocence, étoit de se livrer lui-même entre les mains des officiers de justice, et de déclarer que c'étoit à son insu et contre son gré qu'il avoit été enlevé avec violence à ceux qui l'avoient arrêté : mais il lui auroit été difficile de retrouver son chemin pour retourner à Ap Gauvon ; la route étoit mauvaise et dangereuse ; et les officiers de justice, courroucés de l'attaque qui avoit été dirigée contre eux, pourroient fort bien le saluer de quelques coups de feu, avant de s'informer du motif qui le faisoit revenir. Enfin l'aspect menaçant du ciel, sur lequel un rideau de nuages s'étendoit peu à peu, la fatigue et le besoin de repos, le décidèrent à prendre la route que Nicolas lui avoit indiquée. Les circonstances ne permettoient pas une longue délibération : car la lune paroissoit alors dans le firmament comme dans un cercueil que le poêle funèbre des nuages alloit couvrir (1).

Bertram partit donc à la hâte, non sans quelque inquiétude, en se dirigeant vers le petit rocher que Nicolas lui avoit fait remarquer. Il y arriva sans beaucoup de difficulté, tourna à gauche, et se flatta de trouver bientôt les tourbières, qui formoient le second point de sa carte du pays. Après avoir marché plus long-temps qu'il ne s'y attendoit, sans avoir rien rencontré qui lui ressemblât, il commença à craindre de s'être trompé de chemin. L'inquiétude s'empara de lui; il se détourna un peu,

_____

(1) On reconnoît ici l'origine germanique du roman. *(Note du trad. anglais.)*

d'abord sur la droite et ensuite sur la gauche, dans l'espoir de voir enfin l'objet qu'il cherchoit ; mais les bruyères devenant plus épaisses de ce côté, l'obligèrent à tant de nouveaux détours, qu'il lui devint impossible de reconnoître d'où il venoit, ni de quel côté il devoit avancer. Montant sur une petite élévation, il aperçut l'abbaye de Griffith Ap Gauvon, et jugea qu'il s'en étoit involontairement rapproché ; car elle ne paroissoit guère qu'à deux milles de distance. La lueur des torches éclairoit diverses parties des ruines, se réfléchissoit dans quelques fenêtres, et, comme elles changeoient souvent de place, il étoit évident que les officiers de justice y cherchoient encore leur prisonnier évadé.

Ce spectacle n'étoit pas fait pour rétablir la tranquillité dans son esprit. Il descendit à la hâte de cette hauteur, en réfléchissant avec inquiétude sur ce qu'il avoit à faire.

Quelque chose de froid qui lui tomba en ce moment sur le visage lui resserra encore le cœur; il espéra qu'il s'étoit trompé; mais l'instant d'ensuite confirma ses craintes; la neige commençoit à tomber. Il leva les yeux vers le ciel, et vit la lune darder son dernier rayon entre deux nuages qui alloient se joindre. Ils se joignirent en moins d'une minute; le disque de la lune parut encore un moment à travers d'épaisses vapeurs; il s'obscurcit enfin, et un dais de nuages noirs couvrit toute l'atmosphère, remplie de gros flocons de neige qui tomboient avec rapidité.

Que faire dans cet embarras ? Du haut de la colline d'où il venoit de descendre, il se souvint d'avoir entrevu, à environ un demi-mille de distance, un objet qui lui avoit paru devoir être une chaumière, et il dirigea ses pas de ce côté. Il ne tarda pas à le revoir, d'abord indistinctement, et

enfin assez bien pour ne plus douter que
ce ne fût une habitation humaine. Au bout
d'environ dix minutes il y arriva, sentit
une muraille, mais ne put trouver ni porte
ni fenêtre, et il fut saisi d'une nouvelle
consternation quand, ayant examiné le
local avec plus d'attention, il reconnut
qu'au lieu d'être arrivé à quelque chaumière, il étoit prêt du gibet devant lequel
il avoit passé la soirée précédente. Il tourna
tout autour, pour chercher l'endroit le plus
favorable où il pourroit se mettre à l'abri
de l'orage de neige qui tomboit; mais tout
à coup, et à son grand étonnement, une
femme de haute taille se précipita sur lui
et le saisit par le bras. D'abord une forte
émotion sembloit la rendre muette, et elle
trembloit comme si elle eût eu la fièvre;
mais au bout de quelques instans, elle re-
couvra la voix, et s'écria d'un ton agité,
qui fit reconnoître sur-le-champ à Bertram
la vieille Gillie Godber :

— Ah! Grégoire! est-ce vous? Etes-
vous venu enfin, mon cher enfant! Combien il y a de temps que je ne vous ai vu!
Il y a vingt-quatre ans que je vous pleure
et que je vous cherche, que je vous cherche
et que je vous pleure. Venez avec moi,
mon fils, mon cher fils. Maudits soient
ceux qui vous ont enlevé à votre mère!
Regardez-moi donc, Grégoire! Vite! vite!
Venez! venez!

Elle jeta ses bras autour du cou de Bertram avec toute l'énergie que donne la folie;
et l'agitation, la surprise, la pitié, le dégoût
qu'éprouva ce jeune homme en se trouvant
tendrement serré entre les bras d'une folle,
firent qu'il ne chercha qu'à se dérober à
ses transports d'affection, et faisant un
effort violent et soudain pour lui échapper, il s'enfuit sans se demander où il
alloit. La pauvre mère le poursuivit les
bras étendus, ses cheveux gris flottant

au gré du vent, en criant de toutes ses
forces :

— Grégoire! mon cher Grégoire! venez donc par ici! Le vent est impétueux,
et la neige est chassée, chassée, chassée!
Voilà vingt-quatre ans que je vous conserve un bon feu à Anglesea. Attendez-
moi du moins, mon cher enfant, mon
amour, mon âme!

Les cris de la vieille ne faisoient qu'exciter le désir qu'avoit Bertram de lui
échapper, et redoubler la vitesse de sa
course. Il avoit oublié sa fatigue un instant, et sembloit avoir retrouvé toutes ses
forces. Il se retourna au bout de deux
minutes, et déjà la figure de la vieille ne
paroissoit plus que comme une ombre,
dans l'obscurité et derrière une masse de
de flocons de neige qui remplissoient l'atmosphère. Sa voix perçante se faisant

pourtant encore entendre par intervalles,
même contre le vent, lui donnoit une nouvelle ardeur pour fuir plus rapidement, et
contribuoit à augmenter le désagrément
de sa situation; car elle auroit été pénible
même pour un homme plus habitué à lutter
contre le danger.

Les nuages avoient perdu leur teinte
d'un jaune sombre, pour se revêtir d'une
couleur livide de plomb, qui formoit un
contraste complet avec la livrée blanche
que tout portoit déjà. Les flocons de neige,
poussés par un vent impétueux, se heur-
toient et se croisoient en approchant de la
terre, et sembloient se disputer à qui s'y repo-
seroit plus tôt. Bertram étoit alors au milieu
des tourbières dont Nicolas lui avoit parlé;
il lui étoit assez facile de voir et d'éviter
celles qui avoient été creusées à une grande
profondeur; mais il s'y trouvoit une foule
de petites excavations remplies d'eau dont

la superficie gelée étoit couverte de neige,
et cette croûte cédant sous ses pieds, il
s'y enfonçoit quelquefois jusqu'à mi-jambe.
Il espéroit que la chute de la neige feroit tomber le vent ; mais, contre son at-
tente, il devint un véritable ouragan, et
d'après la direction qu'il avoit prise, il lui
souffloit au visage : il persistoit pourtant à
la suivre, de crainte de rencontrer de nouveau la vieille créature privée de raison
à laquelle il avoit eu tant de peine à échapper. A tous ces motifs de décourage-
ment se joignoient le froid, l'épuisement,
l'incertitude du lieu où le conduiroit la
route qu'il suivoit au hasard, sans apercevoir un seul sentier battu, et de vives inquiétudes sur la manière dont l'autorité
publique interpréteroit la conduite qu'il
avoit tenue comme spectateur passif des
événemens qui s'étoient passés pendant
cette journée ; car, quoique rien ne fût
plus opposé à ses intentions, il craignoit

de passer, aux yeux de la loi, pour avoir
été complice de l'attaque contre les douaniers, et surtout de celle contre les officiers
de justice à Ap Gauvon, puisque son éva-
sion en avoit été le résultat.

Au milieu de ces réflexions peu conso-
lantes, il continuoit à s'avancer, quoique
plus lentement. Un tourbillon de neige,
plus violent que les précédens, lui fit
baisser la tête quelques instans, et il
tomba dans une tourbière où il eut de l'eau
jusqu'à la poitrine, et dont il ne parvint
à sortir qu'avec quelque difficulté. En
toute autre circonstance, c'eût été un accident fâcheux; mais, en ce moment, ce
fut un véritable bonheur pour Bertram.
Le choc subit que lui fit éprouver ce bain
froid dissipa l'espèce de torpeur qui avoit
commencé à s'emparer de ses membres fa-
tigués et engourdis, et en renouvela la vigueur. Il sentit que ce n'étoit qu'en cou-

rant de toutes ses forces qu'il pouvoit éviter
les suites fâcheuses du froid glacial dont il
étoit saisi, et cet exercice violent contri-
bua à rétablir ses moyens physiques. Ce
ne fut même qu'en ce moment qu'il songea
tout à coup qu'il étoit probablement dans
les tourbières dont Nicolas avoit fait men-
tion en lui donnant des instructions sur la
route qu'il devoit suivre. Il espéra qu'il
pourroit encore trouver la chaumière qui
lui avoit été indiquée, et cet espoir l'en-
gagea à redoubler de vitesse.

Il fut arrêté subitement dans sa course
rapide par un grand coup qu'il reçut sur
le haut du front. Levant la tête, qu'il portoit penchée en avant pour résister plus
facilement à la violence du vent, il éprouva
un mouvement de joie bien vive, en trouvant dans la cause de ce coup un indice
fortuné qu'il approchoit de quelque chemin battu, et probablement de quelque

habitation humaine. Il s'étoit heurté contre
un de ces grands poteaux qu'on élève or-
dinairement dans les marécages voisins des
montagnes, pour servir de points de reconnoissance pendant la neige. Les espé-
rances de Bertram se réalisèrent : à quelque distance il en trouva un second, puis
un troisième, puis un quatrième, et enfin
il arriva au milieu de quelques chaumières.
Il ne distingua d'abord ni maisons, ni ar-
bres, ni haies; mais il étoit tombé tant de
neige, qu'à peine auroit-on pu distinguer
un village tout entier, s'il avoit été composé
de chaumières aussi basses que le très-
petit nombre de celles près desquelles il
se trouvoit, et dont tous les toits disparoissoient sous la neige qui y étoit amoncelée.
Un silence profond y régnoit; mais tout
à coup il entendit un mouton bêler. Rare-
ment son cœur avoit tressailli d'un plaisir
plus véritable qu'à l'instant où ses oreilles
furent frappées par cet heureux son, qui

lui parût plus harmonieux que celui que produiroit le meilleur instrument entre les mains du plus savant professeur. Il avança à la hâte, trouva une haie basse au-dessus de laquelle il sauta sans hésiter; fit encore quelque pas, et sentit enfin le mur d'une maison. Il ne put en trouver la porte, mais il entendit sortir d'un bâtiment-voisin le même bêlement qui lui avoit fait tant de plaisir, et il s'avança de ce côté.

Ceux de mes lecteurs qui liront ce chapitre au coin d'un bon feu, ou pendant l'été, seront peut-être tentés de rire; mais quiconque, par plaisir ou par nécessité, a parcouru pendant l'hiver les bruyères des montagnes d'Ecosse, s'y est égaré, et a été percé par la pluie ou les brouillards, sait parfaitement qu'une bergerie bien chaude est un port de salut pour le voyageur fatigué. J'en parle savamment, et d'après expérience personnelle. Seul avec

7*

mon ami, M. Thomas Vanley, qui est
mort il y a environ dix ans, mais qui vivra
toujours dans mon souvenir, je faisois à
pied une excursion romantique d'Edim-
bourg à la partie occidentale du comté de
Strathnavern. Nous nous égarâmes, et,
après avoir erré pendant plusieurs heures,
au milieu des bruyères, par un épais brouil-
lard de novembre, qui nous avoit mouillés
jusqu'à la peau, et qui nous avoit engourdis les membres de froid, nous découvrî-
mes sur le penchant du mont Patrice un
bâtiment solitaire dans les environs duquel
on ne voyoit nulle apparence d'aucune autre
habitation. Le berger même avoit cette
nuit abandonné son troupeau, peut-être
pour quelque rendez-vous amoureux. Mais
si le berger avoit disparu, les moutons
étoient restés. Il s'en trouvoit une cinquan-
taine dans la bergerie, et de la paille fraîche
y avoit été répandue le jour même. Nous
ouvrîmes la claie qui en servoit de porte,

et nous trouvâmes un lit bien chaud parmi ces animaux paisibles. M. Vanley me dit bien des fois ensuite que, quoiqu'il eût joui dans l'Inde de tout le luxe d'un nabab, lorsqu'il y servoit sous les ordres de sir Arthur Wellesely, fait qui est bien connu du public, jamais il n'y avoit trouvé un lit qui lui eût paru aussi voluptueux que la paille qu'il avoit partagée avec les moutons sur la colline déserte du mont Patrice.

A sa grande satisfaction, Bertram trouva que la porte de cette bergerie n'étoit fermée qu'au loquet. Il l'entr'ouvrit sans bruit précisémeut autant qu'il le falloit pour qu'il pût y passer, et la fermant ensuite avec précaution, il enjamba par-dessus une grande claie qui formoit une seconde clôture. Se courbant alors, il s'avança doucement en s'aidant des mains comme des pieds, et en tâtant le terrain devant lui. Mais, en dépit de toutes ses précautions,

son arrivée inquiéta les moutons; ils sen-
tirent que quelque étranger s'étoit introduit
parmi eux, se mirent à bêler, et allèrent
s'attrouper à l'autre extrémité de la bergerie. L'alarme prise par ces animaux paisibles causa quelques inquiétudes à Bertram, mais elles redoublèrent quand ses
mains tombèrent sur un grand corps humain étendu sur la paille. Il fit un mouvement rétrograde, mais s'étant aperçu que
cet individu dormoit d'un sommeil profond
et paisible, sa crainte se dissipa, au moins
en partie; il passa près de lui, et alla
chercher un lit sur la paille dans un autre
coin de la bergerie. Heureusement ceux
qui en étoient les habitans s'accoutumèrent
promptement à sa présence; le silence se
rétablit parmi eux; deux agneaux couverts
de longues toisons vinrent se coucher à
ses côtés, et il fut obligé d'avouer qu'après
toutes les fatigues qu'il avoit essuyées, il
n'auroit pu trouver un lit plus délicieux.

# CHAPITRE VI.

« Ah , traître abominable !
Je t'arrête. Suis-moi. De trahison d'état
Je saurai te convaincre en face du sénat. »

*Othello.*       Shakspeare.

En s'éveillant le lendemain matin, Bertram s'aperçut, à la lumière du jour, que
la blancheur de la neige augmentoit en la
réfléchissant, que la matinée étoit déjà
avancée ; et se levant à la hâte de son lit de
paille et de fougère, il tressaillit en voyant
toute une famille, composée de femmes et
d'enfans, qui, arrêtés à quelque distance,

le considéroit avec un air de curiosité inquiète, qui sembloit même mêlée de crainte et de soupçon.

Ce sentiment défavorable parut s'évanouir en partie devant les traits doux et prévenans du jeune étranger ; une expression de pitié y succéda ; on sembloit le plaindre de s'être trouvé dans des circonstances qui l'avoient obligé à chercher un pareil asile pour y passer la nuit ; et quelques mots prononcés en gallois, mais qui furent rendus intelligibles par les gestes qui les accompagnoient, invitèrent Bertram à entrer dans la maison, où on le fit asseoir près d'un bon feu de tourbe et de bois.

Ses deux hôtesses se mirent alors à lui préparer à déjeûner avec la franche hospitalité des montagnards, et Bertram n'eut qu'à se louer de leurs égards et de leurs

attentions. Mais au milieu de toutes leurs
politesses il remarquoit un air de méfiance
secrète qui l'embarrassoit un peu. Il l'at-
tribua d'abord à l'étonnement que ces
femmes avoient dû éprouver en trouvant
un inconnu dont les vêtemens annonçoient
qu'il étoit étranger à ce pays, couché d'une
manière si extraordinaire au milieu de
leurs moutons. Cette explication lui parut
d'autant plus naturelle, qu'il s'aperçut que
ces femmes étoient seules avec leurs enfans, les hommes qui pouvoient faire partie
de la famille, ayant probablement quitté
la maison de grand matin pour vaquer à
leurs occupations, à l'exception d'un vieillard à barbe blanche, qui paroissoit l'aïeul
d'une de ces jeunes femmes : or cette demeure étant tout-à-fait isolée, la présence
d'un inconnu pouvoit inspirer quelque
crainte. Bertram se flatta pourtant que son
air affable et ses manières douces et po-
lies la dissiperoient bientôt. Il fut donc fort

étonné, après un certain temps, de voir
que ses hôtesses conservoient toujours la
même réserve timide, et qu'une sorte de
mécontentement perçoit à travers leur cour-
toisie. Les enfans surtout ne le regardoient
qu'avec frayeur; il chercha à les caresser,
mais ils se refusoient à toutes ses avances,
et il lui fut impossible de se concilier leur
affection.

Comme ils cherchoient à l'éviter, il les
suivit jusqu'à la porte, et le spectacle qu'il
y vit l'éclaira enfin sur la cause de l'éloignement qu'il inspiroit. Il les vit rassem-
blés en pleurant autour du corps d'un
chien mort, jeté dans le coin d'un petit
jardin; et aux regards de colère qu'ils je-
toient sur lui à la dérobée, il ne put douter
plus long-temps qu'il ne passât à leurs
yeux pour l'assassin de leur favori. Pour
un jeune homme doué d'un caractère aimable et sensible, et surtout pour un ama-

teur du pittoresque, il étoit particulière-
ment désagréable de se voir l'objet d'un
tel soupçon. Se savoir accusé d'un acte
brutal et cruel, à moins qu'il ne soit jus-
tifié par la nécessité, doit naturellement
être pénible dans toutes les circonstances ;
mais, dans le moment où il recevoit de cette
famille toutes les prévenances possibles et
les soins les plus hospitaliers, il étoit dou-
blement cruel pour lui d'être soupçonné
de lui avoir fait perdre l'être qui en étoit
peut-être le fidèle défenseur dans cette solitude.

Tout à coup il se souvint du compagnon qu'il avoit eu pendant la nuit dans la
bergerie, et il ne douta pas que ce ne fût
à lui qu'il falloit attribuer la mort du malheureux chien. Mais il ne connoissoit pas
un seul mot de la langue du pays, ses hôtesses n'en savoient aucune autre ; il lui
étoit donc impossible d'entrer en explica-

tion avec elles, et de chercher à se justifier.
Il ne trouva d'autre moyen pour se tirer
d'une position désagréable et humiliante
que de partir le plus promptement possible.

En ce moment, un homme de mauvaise
mine, qui sembloit avoir quelques liaisons
avec cette famille, entra dans la chaumière. Il regarda Bertram à plusieurs re-
prises, et quand celui-ci se leva pour partir,
il lui dit que s'il avoit dessein d'aller à
Machynleth, il pourroit lui servir de guide
jusqu'en cette ville. Bertram avoit remarqué l'attention avec laquelle cet homme
l'avoit examiné, et n'en avoit été nullement
satisfait. Il n'auroit pas été fâché de trouver un guide qui pût le conduire à Machynleth; mais celui qui se présentoit ne
lui inspiroit pas de confiance. Cependant,
ne trouvant aucun prétexte pour refuser
ses offres, il lui répondit qu'il accepteroit
ce service avec plaisir. Prenant alors son

chapeau, il salua toute la famille d'un air affable, avec autant de calme et de sang-froid qu'il en put montrer, et s'avança vers la porte.

En ce moment, les deux femmes se mirent à se parler à voix basse avec viva-cité, et leurs gestes sembloient indiquer qu'elles auroient voulu l'empêcher de par-tir. Leurs regards exprimoient la compas-sion; et Bertram ne put découvrir en elles aucun indice qui annonçât des intentions hostiles. Cependant, ne voyant pas en quoi il pourroit lui être avantageux de rester avec elles, il persista dans son projet de départ.

La journée étoit superbe, mais la route étoit mauvaise pour les piétons. Elle étoit couverte de plusieurs pouces de neige; la gelée en avoit glacé la surface, mais sans lui donner assez de solidité pour résister à la

pression du pied, qui s'enfonçoit à chaque
pas, ce qui rendoit la marche pénible. Ils
avançoient donc fort lentement, et cependant Bertram fit ainsi quelques milles sans
avoir aucun sujet d'être mécontent de son
guide. Ce n'étoit pourtant pas qu'il eût des
manières ouvertes et agréables; au contraire, il marchoit toujours la tête penchée,
ne levoit jamais les yeux sur Bertram pour
lui parler, et jetoit sur lui de temps en
temps un regard de côté. Au bout d'un
certain temps il resta en arrière, et Bertram, s'étant retourné brusquement, le vit
occupé à mesurer avec attention les traces
que ses pieds avoient laissées sur la neige.

Cette circonstance étoit alarmante, mais
du reste cet homme étoit civil, commu-
nicatif, et montroit quelque intelligence
en répondant aux diverses questions que
Bertram lui adresser chemin faisant. Tout
à coup il disparut, et Bertram, regardant

autour de lui pour le chercher, l'aperçut monté sur une petite éminence à quelque distance de la route, agitant son mouchoir en l'air de la main gauche, et faisant d'autres signes de la droite.

— Ah traître ! s'écria Bertram ; mais il n'eut pas le temps d'en dire davantage, car il vit un détachement assez nombreux d'hommes à cheval qui s'avançoient vers lui au grand galop, les uns directement, les autres en s'étendant des deux côtés, comme s'ils eussent manœuvré pour lui couper la retraite, s'il essayoit de leur échapper par la fuite. Mais, quand même il auroit pu espérer d'y réussir, il n'en avoit nulle intention. Jugeant, d'après leur extérieur, que ces cavaliers étoient des officiers de justice, il s'avança vers eux d'un pas ferme, et leur dit en même temps :

— Faites attention que je me rends volontairement. Je ne doute pas que les magistrats ne soient satisfaits des explications que je leur donnerai. Tout ce que je regrette, c'est d'avoir été la cause involontaire et innocente que quelqu'un ait été blessé.

Il ajouta cette dernière phrase en reconnoissant, dans un de ceux qui étoient au premier rang, le vertueux M. Samson, portant le bras gauche en écharpe. Samson ne répondit à cette expression indirecte de condoléance que par une grimace qui annonçoit le scepticisme et le sarcasme.

— Ecoutez-le! dit-il aux constables; écoutez ce pieux jeune homme! Nous autres qui sommes maintenant d'honnêtes gens, nous ne sommes pas religieux à demi. Il satisfera les magistrats sans doute, quand il aura été un peu pendu. M'entendez-vous, Monsieur? quand vous aurez été un peu pendu. Mais comment se fait-il, Kilmary, que vous ayez souffert qu'il quittât son gîte avant notre arrivée ?

— Il a voulu partir, répondit Kilmary, en qui Bertram reconnut son guide. Les pieds lui démangeoient ; il ne pouvoit rester en place, et la famille n'a pas voulu m'aider à le retenir de force. Je crois même qu'on l'auroit caché ou qu'on l'auroit fait évader par une porte de derrière, s'il n'avoit tué le vieux chien de la maison. Je leur ai parlé des lois, de la justice et je ne sais de quoi, mais ils n'ont pas voulu m'écouter.

— Je le crois bien, reprit Samson, et je ne saurois les blâmer. Ce n'est pas peu de chose pour une famille qui habite une chaumière isolée sur le bord des bruyères, que se faire ennemie d'un aussi pieux jeune homme que notre ami que voilà.

— Allons, garrottez-le bien, et tâchez de le garder mieux que vous ne l'avez fait la première fois, car je ne vous réponds pas de vous le rattraper une troisième. Il n'étoit pas aussi aisé que vous pouvez le croire de suivre à la piste ; les traces de ses pieds étoient à moitié effacées par la neige.

— Sans doute, Kilmary, tu es un excellent limier pour dépister un renard. Pour ne te rendre que ce qui t'est dû, il faut dire que tu es un chien en toutes choses, un chien parfait.

— Mais non pas un chien qui cherche et qui rapporte pour les autres, M. Samson ; si je suis le chien qui débusque le renard, je dois avoir part à la curée.

— Sans contredit, Kilmary, et tu y auras part. Quelle est la part d'un chien ? les os, quand son maître a dîné. N'est-il pas vrai, Kilmary ? Ha ! ha ! ha !

Kilmary murmura quelques mots inar-
ticulés, et se retira derrière les autres.
Cependant les constables descendirent de
cheval, mirent des menottes aux poignets
de Bertram, lui attachèrent autour de la
ceinture un grosse corde dont les deux
bouts restèrent entre les mains de Samson
et d'un de ses confrères, après quoi, se remettant en selle, ils l'emmenèrent comme
un criminel de première classe.

Heureusement pour Bertram, Samson
souffroit de sa blessure, ce qui l'obligeoit à
marcher au pas. Mais il remercia le ciel encore bien davantage quand il vit qu'il n'auroit pas la honte d'entrer dans Machynleth
dans cette situation humiliante. A environ
trois milles de cette ville, quand on apercevoit déjà la tour de l'église, ils ren-
contrèrent une voiture attelée de quatre
chevaux, dans laquelle étoit l'alderman
Gravesand, qui les attendoit. On fit monter

Bertram dans l'équipage, Samson y prit place à côté de lui, et Kilmary prit le cheval de Samson.

Il étoit alors quatre heures, et l'alderman Gravesand donna ordre qu'on marchât avec toute la célérité possible, disant qu'il avoit dessein de conduire le prisonnier au château de Walladmor, qui étoit à près de trente milles, et qu'il désiroit traverser Machynleth avant la nuit tombée.

— Votre honneur a donc dessein de passer par la ville? dit Samson. Ne vaudroit-il pas mieux envoyer quelqu'un en avant pour faire venir des chevaux de relais à l'entrée du faubourg, et éviter de la traverser en faisant un petit circuit?

Cette proposition ne plut pas à l'alderman, et il la rejeta comme il auroit rejeté tout ce qui auroit pu paroître déroger à sa dignité comme magistrat, ou faire une con-

cession à un sentiment de crainte. M. Gravesand étoit un homme qui ne connoissoit
que ce qu'il appeloit vigueur et énergie;
mais d'autres y donnoient le nom de ty-
rannie et d'esprit de domination. Il étoit si
attentif à se conformer à la seconde partie
de la maxime favorite de lord Chesterfield,
*suaviter in modo*, *fortiter in re*, qu'il
oublioit entièrement la première. Et en
cette occasion, il avoit résolu de faire pa-
rade de son mépris pour la canaille jaco-
bine de Machynleth, en traversant toute
la ville avec son prisonnier.

Le fait étoit pourtant que les habitans
de Machynleth, ceux que le digne alderman appeloit la canaille, n'étoient pas ja-
cobins. Jamais ils n'avoient montré la
moindre disposition à l'insubordination, à
moins qu'il ne fût question de contrebande, qu'ils favorisoient par goût et par
intérêt, ou qu'il ne s'agît de contrarier et de

mortifier l'alderman Gravesand. Le lord
lieutenant, qu'ils aimoient autant qu'ils le
respectoient, n'avoit besoin que d'un
mot pour les calmer dans les momens de la
plus grande effervescence; et tout magistrat inférieur qui vouloit bien prendre la
moindre peine pour cultiver leur affection, étoit sûr de les trouver raisonnables
et dociles dans toutes les circonstances
ordinaires.

Mais quant à l'alderman Gravesand,
qui n'avoit jamais manqué une occasion
de montrer avec affectation la haine et le
mépris qu'il leur portoit, ils étoient dé-
terminés à lui prouver qu'ils le payoient en
même monnoie; et soit à tort, soit avec
raison, ils lui suscitoient toujours autant
d'embarras qu'ils le pouvoient. Dans la
circonstance dont il s'agissoit alors, une
arrestation qu'ils supposoient avoir pour
cause une accusation de complicité dans

l'importation de quelques marchandises de contrebande, ils avoient un double motif pour leur inspirer un esprit de résistance aux volontés et aux dispositions du digne magistrat.

~~~~~~~~~~~~~~~~~~~~~~~~~~~~~~~~~~~~~~~~~~~~~~~~~~~~~~

# CHAPITRE VII.

« Le peuple enfin, ayant bien attendu,
Voyant pour lui que tout étoit perdu,
Qu'il ne pouvoit conserver l'espérance
A l'avenir d'avoir en abondance
Les biens si doux qu'on vouloit lui ravir,
Las de se plaindre, ennuyé de gémir,
Se réunit, prit à l'instant les armes,
Et répandit le sang au lieu de larmes. »

SPENCER.

QUELQUE rapide que fût la marche de
l'alderman et de son escorte, la nouvelle
de leur arrivée s'étoit répandue dans Machynleth avant qu'ils fussent sous les murs
de cette ville; et lorsqu'ils y entrèrent par
la porte du nord, ils en trouvèrent presque
toute la population mâle répandue dans

les rues. Des corps nombreux de contrebandiers étoient dispersés dans la foule ;
la plupart d'entre eux virent du premier
coup d'œil que l'alderman étoit dans
l'erreur sur l'identité du prisonnier qu'il
emmenoit, mais ils avoient de bonnes raisons pour ne pas l'en tirer. On ne s'opposa
pourtant pas à la marche de la voiture jusqu'à la porte de l'auberge où l'on pré-
voyoit qu'elle s'arrêteroit pour changer de
chevaux. On se contenta de l'accompagner
par un concert de cris, de huées, de sifflemens, de malédictions, et de toutes les
insultes possibles à l'exception de voies de
fait; chorus qui ne cessa pas un instant
depuis la porte de la ville jusqu'à celle de
l'auberge. Il étoit évident qu'une attaque
étoit préméditée, mais qu'on attendoit
qu'un bras plus déterminé que les autres
frappât le premier coup, ou qu'il se pré-
sentât une occasion favorable pour agir de
concert.

A l'instant même où la voiture s'arrêta
devant la porte de l'auberge, une fenêtre
du premier étage s'ouvrit, et l'on en vit
sortir la tête de M. Dulberry, le réformateur radical, l'air radieux et triomphant.
Ce moment étoit le plus heureux de toute
son existence. Ce n'étoit plus une vision,
un enthousiasme prophétique; il voyoit de
ses propres yeux l'autorité civile méprisée,
insultée, menacée; et qui savoit s'il ne
pourroit pas avoir l'honneur de diriger lui-
même l'orage politique qui paroissoit sur
le point d'éclater? La joie le suffoquoit,
et pendant quelques instans il se trouva
trop affecté pour pouvoir parler.

Pendant que le don de la parole lui étoit
encore refusé, et qu'il délibéroit entre
dix mille argumens qu'il pouvoit employer,
et dix mille avis qu'il pouvoit donner,
pour nourrir l'insurrection au berceau, un
ivrogne sortit de l'auberge, s'étendit en

travers dans la rue devant les chevaux
qu'on atteloit en ce moment à la voiture,
et jura qu'elle lui passeroit sur le corps
avant d'emmener en prison un si noble
martyr de la liberté du commerce.

L'alderman Gravesand ordonna aux
constables de relever l'ivrogne, et d'employer la force pour l'éloigner, s'il étoit
nécessaire. Cet ordre fut l'étincelle qui mit
le feu aux poudres de l'éloquence patriotique de Dulberry. Il conjura la populace,
au nom des mânes des nobles barons qui
s'étoient réunis à Runnymead pour résister au pouvoir arbitraire, de ne pas
permettre l'exercice d'une autorité des-
potique; il applaudit à la conduite de
l'ivrogne, qu'il appela une inspiration du
ciel, appela chaque citoyen à suivre son
exemple, assura que la grande charte donnoit à tout Anglais le droit de se rouler
dans la boue, quand et où bon lui sem-

bloit, et dit que ce seroit au péril de l'alderman s'il osoit passer sur le corps d'un
seul patriote.

Cependant les constables s'étoient em-
parés de l'ivrogne, et l'avoient jeté dans le
ruisseau; et jusque-là le système de vigueur et d'énergie de M. Gravesand sembloit devoir l'emporter. Mais, soit que cet
acte eût irrité la fureur du peuple, soit
qu'il vît que la circonstance devenoit ur-
gente, puisque les chevaux étoient attelés,
et que les postillons étoient à l'instant de
monter à cheval, ce fut le signal d'une ex-
plosion générale. Des briques, des pierres,
des morceaux de glace et de charbons de
terre, commencèrent à pleuvoir de toutes
parts; on coupa les traits des chevaux, on
renversa les constables, on ouvrit la portière de la voiture pour en arracher Bertram; mais Samson, qui étoit aussi vigoureux qu'intrépide, le retint par le collet,

et résista d'autant plus facilement aux efforts qu'on faisoit pour lui enlever son
prisonnier, qu'un seul homme pouvoit se
présenter à la fois à la portière. L'alderman, qui, par l'entêtement qu'il avoit mis
à vouloir traverser la ville, étoit la principale cause de cette insurrection, n'eut que
le temps de sortir par l'autre portière pour
se réfugier dans l'auberge, et il parut
bientôt à une fenêtre tenant en main la loi
contre les attroupemens tumultueux.

Cependant, en ce moment de crise, quelques indices qu'il remarqua dans la foule
des dispositions dans lesquelles on paroissoit être envers lui personnellement, le
portèrent à croire qu'il étoit prudent de
renoncer à ses premières intentions; et,
remettant dans sa poche la loi sur les attroupemens, il se mit à saluer le peuple, et
essaya, de la manière la plus gauche, le
rôle tout nouveau pour lui de conciliateur;

lui adressant quelques reproches avec douceur, mettant la main sur son cœur, et
cherchant à faire comprendre que le prisonnier qu'il emmenoit n'étoit pas un
contrebandier, mais un coupable de haute
trahison. Le tumulte empêcha qu'on n'en-
tendît un seul mot de ce qu'il disoit.

A la fenêtre voisine, M. Dulberry tra-
vailloit avec le même zèle, mais sans mieux
réussir à se faire entendre, à redoubler la
violence de la tempête que l'alderman
cherchoit à apaiser. On auroit pu les
comparer à deux rivaux, candidats pour
le corps législatif, placés sur les tréteaux
qu'on élève en pareille occasion, et cherchant à attirer exclusivement l'attention de
la multitude; ou à deux histrions jouant
une pantomime, et voulant suppléer à la
parole, qu'il leur est défendu d'employer,
par des gestes, des grimaces et des contor-
sions. Comme Borée et Phœbus voulant

dépouiller le voyageur de son manteau, ils souffloient le froid et le chaud à l'envi l'un de l'autre, cherchant, avec la même ardeur, l'un à semer la sédition, l'autre à l'extirper, le réformateur faisant agir le soufflet pour exciter la flamme, l'alderman s'épuisant en efforts pour l'éteindre.

Heureuseusement, peut-être, pour l'un et pour l'autre, et même pour toutes les parties intéressées dans cette affaire, on étoit alors sur le point de recourir à des argumens plus efficaces que ceux qu'employoient les deux orateurs. On entendit en ce moment un grand bruit de chevaux, et des termes de commandement militaire prononcés à haute voix. Un cri général s'éleva : — Les habits rouges! les habits rouges! Et l'on vit un escadron de dragons déboucher au grand trot dans la rue. A l'instant même, la populace se dispersa, et se réfugia dans les maisons et dans les

allées voisines. Un homme du peuple,
d'une taille et d'une vigueur extraordinaires, venoit alors de réussir à arracher
Bertram des mains du constable blessé, et
il le tiroit hors de la voiture, malgré la résistance que le prisonnier lui opposoit lui-
même, quand, les dragons arrivant, l'officier qui étoit à leur tête lui appliqua sur le
dos un si grand coup de plat de sabre,
qu'il en fut renversé. Il lui resta pourtant
assez de présence d'esprit et de force pour
se relever à l'instant même, et se confondre
dans la foule des fuyards.

En quelques minutes l'officier réussit à
rétablir l'ordre. Il fit alors sortir le prisonnier de la voiture, et le plaça derrière un
de ses dragons. On lui ôta les fers qu'il
avoit aux mains; mais c'étoit pour lui passer les bras autour du corps du dragon
monté devant lui, après quoi on les lui
attacha avec une corde. Ces arrangemens

faits, la calvacade, accompagnée de deux
constables, se mit en marche d'un pas rapide en se dirigeant vers l'autre porte de
la ville.

Ayant ainsi changé, pour la troisième
fois, d'escorte et de manière de voyager,
Bertram sentit renaître toute sa fatigue et
éprouva de vives souffrances. Pendant environ deux heures la cavalerie marcha au
grand trot sur une grande route, sans faire
de halte, et sans prononcer un seul mot.
Alors le commandant fit arrêter sa troupe
près d'un mauvais cabaret pour donner
l'avoine aux chevaux, ce dont les soldats
profitèrent pour prendre eux-mêmes quelques rafraîchissemens. Bertram but un verre
de grog à la compassion d'un dragon, et
s'étendant sur le plancher de la chambre
où deux soldats le gardoient, il chercha à
goûter quelque repos, et parvint à s'endor-
mir. Mais à peine avoit-il fermé les yeux,

qu'il fut éveillé par le bruit des préparatifs de départ ; on le secoua rudement, et on le remit en croupe derrière un dragon.

La nuit étoit alors tombée ; un ouragan commençoit à s'élever, et Bertram crut s'apercevoir que la route se rapprochoit des côtes de la mer. L'air devenoit de plus en plus froid, le vent étoit perçant, et sa situation ne lui permettant aucun changement d'attitude, il lui sembla qu'il ne pourroit résister encore long-temps à la rigueur du froid qui lui engourdissoit tous les membres. Son courage étoit tellement épuisé, qu'il ne put s'empêcher d'exprimer ses souffrances par des gémissemens mal articulés. Le dragon qui étoit devant lui en eut pitié, et se retournant un instant, il prit un flacon de rum qu'il portoit à sa ceinture et lui en fit avaler quelques gouttes. La force que rendent les liqueurs spiritueuses à l'homme qui souffre par suite d'un froid excessif, ne lui procure qu'un soulagement momentané, et ne fait que l'exposer à une réaction encore plus dangereuse. Bertram éprouva bientôt cet effet. Ses membres se roidirent peu à peu les uns après les autres ; il lui sembla que toutes ses souffrances disparoissoient, ou plutôt qu'elles se concentroient en une seule sensation, un besoin irrésistible de dormir, et il n'avoit ni la volonté ni l'énergie nécessaires pour combattre ce désir dangereux. Un accident le sauva de ce péril. Tout à coup un cri perçant appela du secours ; toute la troupe fit halte au même instant, et Bertram sortit de cet état de stupéfaction qui pouvoit lui coûter la vie.

Cet accident consistoit en ce qui suit : un dragon, dont la tête se ressentoit un peu trop de la halte qu'on avoit faite dans le cabaret, avoit insensiblement dévié de la ligne que suivoient ses compagnons, s'étoit

II. 9

avancé jusqu'au bord de la mer, qu'ils cô-
toyoient alors, et ne s'étoit aperçu du danger qu'il couroit que lorsque son cheval
s'arrêta tout à coup au bord du précipice,
sur un talus couvert d'un émail de glace,
en se roidissant sur ses pieds de devant,
qui heureusement étoient ferrés à glace.
Ses camarades se hâtèrent de courir à son
secours, et ils arrivèrent assez à temps pour
sauver le cavalier et le cheval.

Le choc que fit éprouver à Bertram
cette halte soudaine, l'impression que fit
sur lui le cri d'alarme du dragon, l'effroi
que lui inspira le danger que couroit cet
homme, tout concourut à renouveler la
circulation du sang dans ses veines. Elle
redoubla encore lorsqu'il entendit un soldat dire qu'ils ne seroient plus long-temps
sans arriver au but de leur voyage. Enfin
la vue remarquable des objets qui s'offroient
à ses yeux acheva de le tirer de sa léthargie.

La route, comme il le vit alors, suivoit
en cet endroit le haut de la barrière de
rochers escarpés qui s'élèvent du sein de la
mer et opposent une barrière à ses flots le
long de cette côte. Dans le vaste abîme
ouvert sur l'Océan presque sous ses pieds,
il voyoit de temps en temps briller par
intervalles des lumières tremblantes, lanternes probablement allumées sur des bâtimens que le vent chassoit devant lui dans
une mer houleuse; car ses vagues étoient
agitées par une tempête, et la lune, qui
lançoit en ce moment ses rayons entre
deux nuages du côté de l'orient, montroit en même temps au prisonnier la mer
courroucée, les masses de rochers qu'elle
battoit comme si elle eût voulu les déra-
ciner, et, dans le lointain, les tours go-
thiques d'un vieux château qui, placé sur
un promontoire élevé, s'avançoit au milieu
de l'Océan, qu'il avoit l'air de vouloir braver. La route qu'ils suivoient se dirigeoit

évidemment de ce côté, mais elle n'étoit
pas sans danger, car elle étoit étroite et
escarpée ; l'ouragan souffloit avec force, et
des coups de vent menaçoient quelquefois
de précipiter dans la mer les cavaliers et
leurs montures. Mais les chevaux étoient
parfaitement dressés, et ils surmontèrent
tous ces obstacles.

Enfin l'avant-garde arriva au château ;
et un dragon frappa à la porte avec une
telle force, que le bruit qu'il fit dut éveiller
tous les daims qui se trouvoient dans le
parc à deux milles à la ronde.

~~~~~~~~~~~~~~~~~~~~~~~~~~~~~~~~~~~~~~~~~~~~~~~~~~

# CHAPITRE VIII.

« Nous vous garderons bien sous verrous et serrure ;
Paissez, si vous pouvez trouver de la pâture. »

SHAKSPEARE.

PENDANT les deux ou trois minutes qui s'écoulèrent avant qu'on vînt ouvrir la porte du château, Bertram retomba de nouveau dans l'état d'engourdissement dont il avoit été tiré par l'incident que nous avons rapporté dans le chapitre précédent ; il sentit ses paupières se fermer malgré lui, sans qu'il eût la force de résister au sommeil, probablement à cause du repos

et de l'inaction qui venoient de succéder
tout à coup à une marche forcée au grand
trot. Il en fut heureusement retiré par le
bruit et l'agitation qui régnèrent bientôt
dans le château, dans lequel il fut introduit avec des circonstances aussi impo-
santes que si elles avoient été calculées pour
produire un effet théâtral.

D'abord, du haut d'une des tourelles qui
flanquoient la porte, on adressa une question à laquelle l'officier qui étoit à la tête du
détachement répondit sur-le-champ. Mais
la demande et la réponse furent perdues
pour Bertram, qui étoit trop éloigné pour
pouvoir les entendre, et le son en fut emporté sur les ailes impétueuses de l'ouragan. Bientôt après on entendit le bruit des
verrous qu'on tiroit, des barres de fer
qu'on descendoit; et les deux battans de la
porte, grande et massive comme celle
d'une cathédrale, s'ouvrirent en criant sur

leurs gonds. A mesure qu'elle s'ouvroit,
on pouvoit juger de sa grandeur à l'aide de
la clarté qui paroissoit par derrière, et
quand elle fut tout-à-fait ouverte, on vit
que cette clarté étoit produite par un grand
nombre de torches et de flambeaux que
portoient une foule de domestiques placés
dans la cour.

Cette cour étoit fort spacieuse, comme
il fut aisé de le reconnoître quand ils se retirèrent dans le fond et sur les côtés, pour
faire place aux dragons, dont l'entrée forma
un spectacle imposant. Le terrain continuoit à monter jusqu'à la porte et même
jusqu'au bout de la cour. A la grande surprise de Bertram, qui n'avoit jamais vu se
déployer la magnifique cavalerie de l'armée
anglaise, l'officier commandant tira la bride
de son cheval en lui faisant sentir l'éperon
en même temps, et son généreux coursier
s'élança sous la porte voûtée en bondissant

avec l'agilité d'un léopard. Le cheval qui
portoit Bertram n'étoit que le soixantième
de la file, et comme la route qui conduisoit de l'endroit où il étoit arrêté jusqu'à la
porte formoit une courbe, il eut le plaisir
de voir ce mouvement se propager de rang
en rang comme une traînée de poudre, ou
comme le soleil, se dégageant d'un nuage,
répand successivement sa lumière sur les
épis d'un champ de blé. Ce mouvement
se communiquoit d'un cheval à l'autre; il
avançoit de moment en moment, et il em-
porta bientôt Bertram, qui fut entraîné
comme par un torrent. Toute la troupe
passa sous la porte avec la rapidité d'un
ouragan, entra dans la cour illuminée par
la lumière tremblante des torches, et y
faisant une évolution s'y rangea en ligne
dans le plus bel ordre.

Ce qui se passa ensuite fut comme un
rêve pour Bertram, car il étoit si foible

qu'il seroit tombé de cheval, s'il n'eût été soutenu. La grande clarté, le tumulte, l'épuisement, tout se réunit pour lui donner des vertiges; et, comme le malade qui quitte son lit pendant le délire de la fièvre, il ne vit qu'une confusion indistincte d'hommes, de chevaux, d'armes étincelantes, de torches, de fenêtres qui en réfléchissoient la clarté; d'une armée de nuages que le vent chassoit rapidement sur sa tête, et entre lesquels un rayon de la lune frappoit quelquefois les croisées du dernier étage de cet antique édifice. Tel étoit l'égarement de ses sens que tous les objets qu'il apercevoit, tous les sons qu'il entendoit, se confondoient ensemble à ses yeux et à ses oreilles. Il crut distinguer la voix de l'officier qui ordonnoit aux dragons de descendre de cheval; il sentit qu'on l'enlevoit de celui qu'il montoit, et devint insensible à tout ce qui se passoit autour de lui.

Quand il reprit connoissance il étoit assis par terre, soutenu par un soldat, et
ayant devant lui un vieillard en livrée qui
lui administroit une potion cordiale. Regardant autour de lui, il vit plusieurs domestiques qui portoient le même habit, et,
reconnoissant la livrée de sir Morgan, il en
conclut qu'il se trouvoit dans le château de
Walladmor.

— Le lord lieutenant est-il au château,
Maxwell? demanda l'officier au-vieillard
qui avoit donné des soins à Bertram, et
qui occupoit le poste de concierge du
château.

— Non, sir Charles, répondit-il; il est
allé dîner à Vaughanhouse, à environ
vingt milles d'ici; mais il sera de retour
avant minuit. Il a donné ordre qu'on en-
fermât le prisonnier dans la tour du Faucon.

Sir Charles Davenant, l'officier qui com-

mandoit le détachement, jeta un regard
sur Bertram, et, voyant son état de foi-
blesse, ordonna à deux dragons de le porter. Mais Bertram, se levant aussitôt, dit
qu'il étoit en état de marcher. Sur quoi
sir Charles donna ordre aux deux constables de marcher devant le prisonnier,
dit à deux dragons de le suivre, et le vieux
concierge marcha en avant pour leur montrer le chemin.

Levant la tête, tandis qu'il traversoit la
cour, parmi le grand nombre de fenêtres
percées dans les murailles qui l'entouroient, il en vit deux ou trois qui étoient
ouvertes, et les chapeaux blancs qui cou-
vroient les têtes qui s'y avançoient prou-
voient qu'elles ne pouvoient appartenir
qu'à des femmes. En toute autre circonstance il auroit peut-être souri en voyant
une telle preuve de la curiosité féminine :
mais en ce moment, lorsqu'il alloit dire

adieu à tout bonheur social ; lorsqu'il alloit
être jeté dans une prison, sans pouvoir se
figurer combien de temps il y resteroit,
puisqu'il ne connoissoit pas les lois an-
glaises, cette vue lui inspira d'autres idées.
Il n'y trouva qu'un souvenir de leurs qua-
lités aimables, de la compassion que leur
inspire le malheur, du plaisir qu'elles
trouvent à le soulager ; et il fit contraster
leurs soins tendres et touchans avec les
manières brusques et grossières des officiers de justice et des agens de la force
militaire dont il étoit entouré. S'il existe
des êtres assez cyniques pour haïr ce sexe
intéressant, pensa-t-il, qu'on les place,
pour un mois ou deux, dans la situation où
je me trouve, et ils apprendront quelle
heureuse influence exercent sur le bonheur des hommes celles qu'ils affectent de
mépriser.

Il ne pouvoit pourtant se dissimuler que

c'étoit sa propre indiscrétion qui l'avoit
conduit où il se trouvoit, et, quoiqu'il ne
fût pas sans inquiétude sur l'avenir, il se
soumit avec calme à sa destinée, et suivit
ses guides d'un pas aussi ferme que sa foi-
blesse le permettoit. En sortant de la grande
cour par un des coins, pour entrer dans un
long corridor tortueux, foiblement éclairé
par deux lanternes, il se trouva sur le bord
d'un abîme profond, qui n'étoit qu'une
énorme fente dans le rocher, dont celui
qui avoit fait construire le château avoit
tiré parti, en le faisant servir à sa défense,
comme un fossé qu'il étoit impossible de
passer. Au delà de ce gouffre s'élevoit un
grand mur percé de meurtrières et flan-
qué de tours qui commandoient toutes ses
fortifications extérieures. A un signal que
fit le concierge, un pont-levis se baissa avec
un bruit sourd, et leur permit de traverser
cet abîme. Ils entrèrent ensuite dans une
petite cour entourée d'une masse de bâti-

mens sans ordre ni régularité, et dont
l'extérieur n'annonçoit pas un grand commerce avec le monde. Cependant, de quelques petites fenêtres percées au plus haut
étage de murs d'une épaisseur prodigieuse,
on voyoit sortir une pâle clarté qui prouvoit que ces bâtimens n'étoient pas tout-à-
fait inhabités. Autant que la foible lumière
de la lanterne qu'on portoit devant lui le
lui permettoit, Bertram remarqua que
tout, en ce lieu, portoit les marques de
l'antiquité la plus reculée. Sir Charles Davenant l'avoit accompagné jusque-là; mais
alors il se retira, après avoir donné des
ordres aux deux dragons à voix basse.

Ils n'étoient pourtant pas encore à la fin
de leur course. Au bout de cette petite
cour, le vieux concierge ouvrit une porte
qui les conduisit dans un passage voûté,
si bas que les dragons ne purent y marcher
qu'en se courbant. Ils arrivèrent enfin dans

une salle, espèce de corps de garde qui ne
recevoit la clarté du jour que par deux ou-
vertures étroites, sans vitres ni fenêtres,
et qui n'étoit alors que bien foiblement
éclairée par la pâle lueur de la lune. Il
étoit évident que cette pièce donnoit sur la
mer, car on entendoit le bruit des vagues
comme si elles avoient voulu en renverser
les fondations. Il s'y trouvoit une porte
devant laquelle le concierge s'arrêta. Il
prit un trousseau de clefs suspendu à sa
ceinture, en choisit une vieille toute rouil-
lée qu'il mit dans la serrure, et l'on remarqua qu'il étoit agité d'un tremblement
involontaire en cherchant à ouvrir la porte.
Mais à peine l'eut-il entr'ouverte que le
vent lui épargna le reste de la besogne, en
la poussant si rudement en dedans qu'il
en fut renversé.

Presque sous leurs pieds, et à une immense profondeur, on voyoit la mer en fu-

rie, sur laquelle un rayon de la lune, fendant les nuages, jetoit de temps en temps une lueur presque funèbre. Le bruit des vagues étoit étourdissant, et le vent par ses sifflemens sembloit vouloir leur disputer de violence. Cette porte aérienne conduisoit à une petite pièce, entièrement ouverte du côté de la mer, et qu'on auroit pu nommer à juste titre la chambre de la mort. De l'extrémité du rocher qui soutenoit les bâtimens dont nous venons de parler, s'élançoit parallèlement avec la mer un lit de granit si étroit, que sa plus grande largeur n'atteignoit pas cinq pieds, et qu'on auroit pu prendre pour une terrasse jetée par l'architecte audacieux qui avoit construit le château, pour le joindre à un énorme rocher en forme de pilier rond qui s'élevoit comme une colonne du sein de l'Océan, et qui étoit situé à environ cent pieds de distance. Sur la plate-forme de ce rocher étoit une tour de forme cir-

culaire qui auroit paru l'ouvrage d'un pouvoir magique, si la galerie qui la joignoit au
château s'étoit écroulée. Cette vue devenoit d'autant plus effrayante, que l'Océan
furieux s'étoit depuis long-temps ouvert
un passage sous cette langue de granit, et
que les grandes marées et les tempêtes de
l'équinoxe ayant successivement augmenté
cette brèche, ou auroit cru maintenant
voir une arche suspendue en l'air, et l'étroit
passage qu'elle offroit auroit pu se nommer
un pont jeté sur la mer.

Bertram reconnut sur-le-champ la partie
du château de Walladmor qu'il avoit vue
lorsqu'il étoit à bord de *la Fleur-de-lis*.

Les dragons eux-mêmes, malgré leur
intrépidité, regardèrent avec effroi le spectacle imposant qu'ils avoient devant les
yeux et presque sous les pieds. L'un d'eux
s'avança les bras croisés jusqu'au bord de

ce pont aérien, regarda en silence la tour
qui s'élevoit à l'autre extrémité, et dit enfin
en secouant la tête :

— Voilà donc la cage où nous devons
conduire notre oiseau ?

— Oui, répondit le vieux concierge, qui
venoit de se relever. C'est toujours là que
nous enfermons les criminels dont on a à
craindre quelque entreprise désespérée.
Est-ce que vous avez peur ?

— Peur ! répliqua le dragon. De par
Dieu ! à Vittoria j'ai couru devant toute la
ligne d'un bataillon français qui faisoit feu
de peloton. Mais quelle comparaison entre
un pareil service et traverser un maudit
pont dans les nuages, par un ouragan
comme il en fait un ! Il faut avoir des ailes
d'aigle ou un bonheur de diable pour arriver à l'autre bout.

— De par l'enfer ! s'écria l'autre, ce co-

quin est déjà dévoué à la mort; par conséquent il ne court aucun risque. Mais nous,
faut-il que nous exposions notre vie pour
un pareil drôle? je suis aussi brave qu'un
autre, quand j'ai de bonnes raisons pour
l'être; mais morbleu! si l'on veut que
j'affronte un pareil danger, il me faut un
salaire, une récompense.

— C'est une chose impossible! dit un
des constables; il n'y a personne au monde
qui soit en état de résister à un pareil vent
sur ce chien de pont en l'air. Que diable!
il n'y a pas même de garde-fous!

— Pourquoi ne pas procurer à ce pauvre
diable le plaisir d'un bain de mer? demanda
l'autre constable.

— Je n'ai pas d'objection à y faire, dit
un des dragons.

— Ni moi, ajouta l'autre; mais, en ce
cas, point de bavardage; songez-y bien!

Quant à cela, reprit le premier constable, nous pourrons dire que le vent l'a emporté, et que nous n'avons pu le retenir ; et l'affaire une fois faite, je pense bien qu'il n'y aura point parmi nous de coq qui chantera.

— D'ailleurs quel mal à cela? dit le second. Il faut que ce drôle soit pendu; c'est le moins qui puisse lui arriver : ainsi c'est lui rendre service que de le jeter à l'eau la tête la première.

Quelque unanimité qu'il régnât parmi eux quant au plan, ils n'étoient pas tout-à-fait aussi bien d'accord sur les moyens d'exécution ; car aucun d'eux ne sembloit se soucier de porter la main le premier sur le prisonnier, de crainte que les autres ne se justifiassent ensuite à ses dépens. Peut-être pourtant auroient-ils fini par s'entendre, si le vieux concierge ne se fût déclaré en faveur de Bertram. Il avoit écouté avec beau coup de sang-froid toute cette discussion ; mais il crut enfin devoir la terminer en déclarant qu'à moins qu'ils ne le jetassent dans la mer avec le prisonnier, il seroit lui-même leur dénonciateur,

D'après cette déclaration les deux con-stables se turent, et les deux dragons se déterminèrent à braver de nouveau les périls de Vittoria. Comme on étoit quel-quefois obligé de passer sur cette arche par de mauvais temps, il y avoit dans cette chambre un poteau auquel étoient attachées plusieurs cordes, de longueur suffisante pour arriver jusqu'à la tour. Chacun s'en lia une autour du corps, et l'on se disposa au passage périlleux. Les constables mar-chèrent les premiers ; le vieux concierge ensuite, et enfin les deux dragons tenant chacun lé prisonnier par le bras. L'oura-gan étoit vraiment terrible, et Bertram, en jetant les yeux sur la mer qui mugissoit

des deux côtés sous ses pieds, sentit que
la tête lui tournoit ; et il seroit tombé s'il
n'eût été soutenu par ses deux compagnons.
Enfin ils arrivèrent ; le vieillard ouvrit la
porte de la tour, et Bertram, avant d'y
entrer, entendit déjà un bruit de chaînes.
On le fit descendre quelques marches, et
on coupa les cordes qui lui lioient les
mains, mais ce fut pour y substituer des
fers pesans et rouillés, qu'on lui attacha
aux poignets et aux pieds. Les cinq compagnons remontèrent alors l'escalier ; la
porte de la tour se ferma, et le bruit des
verrous et des serrures annonça à Bertram
qu'il alloit être abandonné à la solitude de
ses pensées.

FIN DU SECOND VOLUME.

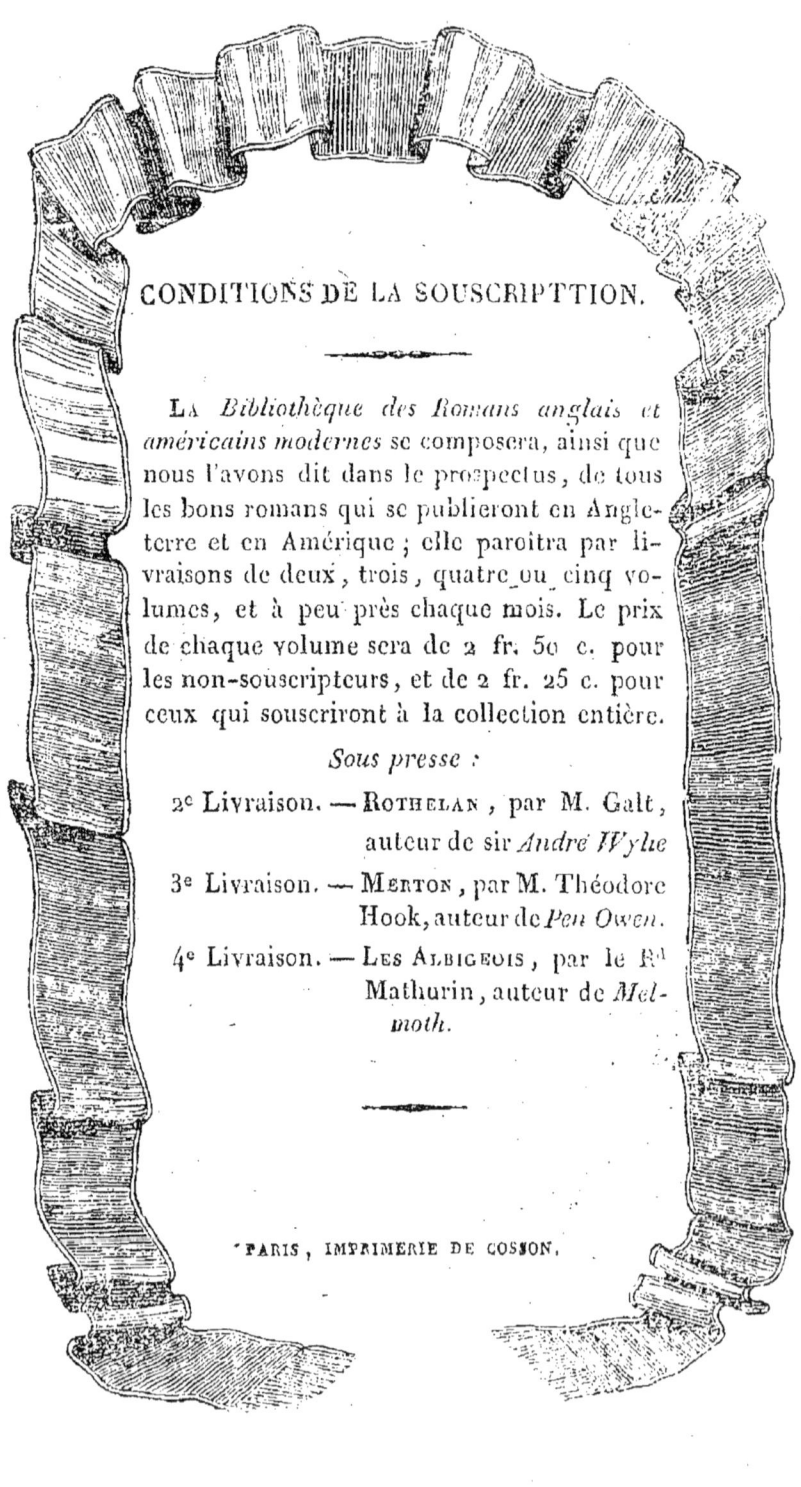

## CONDITIONS DE LA SOUSCRIPTTION.

La *Bibliothèque des Romans anglais et américains modernes* se composera, ainsi que nous l'avons dit dans le prospectus, de tous les bons romans qui se publieront en Angleterre et en Amérique ; elle paroîtra par livraisons de deux, trois, quatre ou cinq volumes, et à peu près chaque mois. Le prix de chaque volume sera de 2 fr. 50 c. pour les non-souscripteurs, et de 2 fr. 25 c. pour ceux qui souscriront à la collection entière.

*Sous presse :*

2ᵉ Livraison. — Rothelan, par M. Galt, auteur de sir *André Wylie*

3ᵉ Livraison. — Merton, par M. Théodore Hook, auteur de *Pen Owen*.

4ᵉ Livraison. — Les Albigeois, par le Rᵈ Mathurin, auteur de *Melmoth*.

www.ingramcontent.com/pod-product-compliance
Lightning Source LLC
Chambersburg PA
CBHW050356030726
47503CB00006B/1876